CARRÉS CLASSIQUES

Collection COLLÈGE dirigée par
Cécile de Cazanove
Agrégée de Lettres modernes

Ruses, mensonges et masques

Fables • Fabliaux • Comédies • *Roman de Renart*

anthologie

Édition présentée par
Christiane Cadet
Agrégée de Lettres modernes

Nathan

Sommaire

Lire Les Fables *de La Fontaine*

Lire Le Paysan médecin

Lire Le Roman de Renart

ISBN : 978 209 187625-2

Lire

Les *Fables* de La Fontaine :

- **« Le Corbeau et le Renard »**
- **« Le Renard et le Bouc »**
- **« Le Loup devenu Berger »**

(1668-1694)

Qui êtes-vous, Jean de La Fontaine ?

Où êtes-vous né ? Que faisaient vos parents ?

Je suis né en 1621 à Château-Thierry, en Champagne, une belle région que j'ai toujours aimée. C'est là que s'est développé mon goût pour les promenades dans la nature et pour l'observation des animaux. Mon père exerçait, comme mon grand-père avant lui, la fonction de « maître des eaux et forêts ». Plus tard, j'ai moi-même repris cette charge.

« Je suis un passionné de lecture. »

Pendant votre jeunesse, qu'avez-vous étudié ?

J'ai appris le latin au collège. À l'âge de vingt ans, j'ai commencé des études de théologie, mais j'ai vite compris que je n'étais pas fait pour être prêtre. J'ai étudié le droit à Paris et j'ai obtenu le titre d'avocat. Mais c'est à la littérature, en particulier à la poésie, que je me suis toujours intéressé.

Avez-vous beaucoup lu ?

Je suis un passionné de lecture. J'ai aimé tout particulièrement les fabulistes de l'Antiquité grecque et latine, comme Ésope et Phèdre, Virgile, Horace et Ovide. J'ai lu beaucoup de contes français et italiens du Moyen Âge. Bien sûr, je connais aussi la littérature de la Renaissance et celle de mon époque.

Vous êtes-vous marié ?

Oui, mais cette union, organisée par nos familles, n'a pas été très heureuse ! J'avais 26 ans et ma jeune épouse, Marie Héricart, n'en avait que 14. C'était une grande lectrice de romans à la mode. Il n'y a jamais eu une grande affinité entre nous. Nous avons eu un fils, puis nous nous sommes éloignés et séparés sans scandale après la mort de mon père en 1658.

Quand avez-vous commencé à écrire des fables ? Ont-elles eu du succès ?

À plus de 40 ans ! En 1668, je suis déjà l'auteur de nombreux poèmes et de contes quand paraît le premier recueil des *Fables*. Je me sers des animaux pour instruire les hommes à la manière des fabulistes grecs et latins. C'est un triomphe : en deux ans, on a réimprimé six fois de nouveaux exemplaires pour satisfaire les lecteurs. J'ai écrit plus de deux cents fables.

Quelles étaient vos relations avec Louis XIV et la cour ?

Louis XIV ne m'a jamais pardonné d'être resté fidèle à Fouquet, son ministre des Finances qu'il avait fait jeter en prison en 1661. Fouquet protégeait les écrivains et il m'avait beaucoup aidé. Le Roi Soleil, jaloux de sa fortune, lui reprochait son magnifique château de Vaux-le-Vicomte et les fêtes somptueuses qu'il y donnait. J'avais moi-même dédié à mon protecteur un long poème intitulé *Le Songe de Vaux*. C'est en vain que j'ai sollicité pour Fouquet la grâce royale dans une *Ode au roi* en 1663. Ensuite, je me suis éloigné de la cour. Plus tard, je suis entré au service de la duchesse d'Orléans et j'ai fréquenté les salons littéraires. Grâce à une riche protectrice, Madame de la Sablière, j'ai publié mon second recueil de fables en 1678.

« J'ai écrit plus de deux cents fables. »

Est-il facile d'écrire des fables ?

Je me suis amusé à me créer la réputation d'un homme distrait et même un peu paresseux. Quand j'ai écrit les fables, j'ai cherché à communiquer au lecteur une impression de facilité. Mais la vérité, c'est qu'elles m'ont demandé beaucoup de travail. ■

Jean de La Fontaine meurt le 13 avril 1695 après une période de maladie au cours de laquelle il se rapproche de la religion.

Qui sont les personnages ?

Le Corbeau

Cet oiseau noir n'a pas bonne réputation. Il émet un cri particulièrement désagréable pour l'oreille : il ne chante pas, il croasse ! Mais il est vaniteux et le Renard saura en profiter.

➨ *Quel piège le Renard va-t-il lui tendre ?*

Le Renard

Souvent affamé, l'animal est très rusé et sans scrupules : il trompe aussi bien ses amis que ses ennemis.

➨ *Quelles sont ses ruses ?*

Le Bouc

Il n'est pas très intelligent, mais il est puissant et ses cornes le rendent redoutable.

➨ *Que fera-t-il quand le Renard lui demandera de l'aide ?*

Le Loup

Vorace, Le Loup voudrait manger la chair tendre des brebis. Toutefois, elles sont gardées par un berger et son chien.

➨ *Parviendra-t-il à ses fins ?*

Le Berger

Il dort paisiblement alors que le Loup approche de son troupeau de brebis.

➨ *Se réveillera-t-il à temps ?*

Le phénix

Cet oiseau fabuleux renaît de ses cendres et serait capable de vivre jusqu'à 500 ans. On le représente comme une sorte d'aigle au plumage magnifique de couleur rouge, bleu et or.

Le Corbeau et le Renard

Maître Corbeau, sur un arbre perché,
Tenait en son bec un fromage.
Maître Renard, par l'odeur alléché[1],
Lui tint à peu près ce langage[2] :
« Hé ! bonjour, Monsieur du Corbeau.
Que vous êtes joli ! que vous me semblez beau !
Sans mentir, si votre ramage[3]
Se rapporte[4] à votre plumage,
Vous êtes le phénix des hôtes[5] de ces bois. »
À ces mots le Corbeau ne se sent pas[6] de joie ;
Et pour montrer sa belle voix,
Il ouvre un large bec, laisse tomber sa proie.
Le Renard s'en saisit, et dit : « Mon bon Monsieur,
Apprenez que tout flatteur
Vit aux dépens de celui qui l'écoute :
Cette leçon vaut bien un fromage, sans doute. »
Le Corbeau honteux et confus,
Jura, mais un peu tard, qu'on ne l'y prendrait plus.

Jean de La Fontaine, *Fables*, livre I, 2.

1. Attiré.
2. Discours.
3. Chant.
4. Est aussi beau.
5. Habitants.
6. Ne se retient pas.

Pierre-Jean Jouve (1887-1976), *Le Corbeau et le Renard*, gravure sur bois, 1929, BNF, Paris.

Le Renard et le Bouc

Capitaine Renard allait de compagnie
Avec son ami Bouc des plus haut encornés[1] :
Celui-ci ne voyait pas plus loin que son nez[2] ;
L'autre était passé maître en fait de tromperie.
La soif les obligea de descendre en un puits :
Là chacun d'eux se désaltère[3].
Après qu'abondamment tous deux en[4] eurent pris,
Le Renard dit au Bouc : « Que ferons-nous, compère[5] ?
Ce n'est pas tout de boire, il faut sortir d'ici.
Lève tes pieds en haut, et tes cornes aussi ;
Mets-les contre le mur : le long de ton échine[6]
Je grimperai premièrement ;
Puis sur tes cornes m'élevant,
À l'aide de cette machine[7],
De ce lieu-ci je sortirai,
Après quoi je t'en tirerai.
– Par ma barbe, dit l'autre, il est bon[8] ; et je loue[9]
Les gens bien sensés[10] comme toi.
Je n'aurais jamais, quant à moi,
Trouvé ce secret, je l'avoue. »
Le Renard sort du puits, laisse son compagnon,
Et vous lui fait un beau sermon[11]
Pour l'exhorter[12] à patience.
« Si le ciel t'eût, dit-il, donné par excellence
Autant de jugement que de barbe au menton,
Tu n'aurais pas, à la légère[13],
Descendu dans ce puits. Or[14] adieu : j'en suis hors[15] ;

1. Avec de très grandes cornes.
2. Ne prévoyait rien.
3. Boit.
4. De l'eau.
5. Compagnon.
6. Dos.
7. Ce moyen.
8. C'est une bonne idée.
9. Fais des compliments.
10. Intelligents.
11. Discours.
12. Encourager.
13. Sans réfléchir.
14. Maintenant.
15. J'en suis sorti.

Tâche[16] de t'en tirer, et fais tous tes efforts ;
        Car pour moi, j'ai certaine affaire
Qui ne me permet pas d'arrêter en chemin. »

En toute chose il faut considérer la fin[17].

Jean de La Fontaine, *Fables*, livre III, 5.

16. Essaie.
17. Le résultat final.

Granville (1803-1847), *Le Renard et le Bouc*, gravure (18 x 24 cm), BNF, Paris.

Le Loup devenu Berger

Un Loup qui commençait d'avoir petite part[1]
Aux brebis de son voisinage,
Crut qu'il fallait s'aider de la peau du renard[2]
Et faire[3] un nouveau personnage.
Il s'habille en berger, endosse un hoqueton[4],
Fait sa houlette d'un bâton[5],
Sans oublier la cornemuse[6].
Pour pousser jusqu'au bout la ruse,
Il aurait volontiers écrit sur son chapeau :
« C'est moi qui suis Guillot, berger de ce troupeau. »
Sa personne étant ainsi faite[7]
Et ses pieds de devant posés sur sa houlette,
Guillot le sycophante[8] approche doucement.
Guillot, le vrai Guillot étendu sur l'herbette,
Dormait alors profondément ;
Son chien dormait aussi, comme aussi sa musette[9].
La plupart des brebis dormaient pareillement.
L'hypocrite[10] les laissa faire ;
Et pour pouvoir mener vers son fort[11] les brebis,
Il voulut ajouter la parole aux habits,
Chose qu'il croyait nécessaire.
Mais cela gâta son affaire :
Il ne put du pasteur[12] contrefaire[13] la voix.
Le ton dont il parla fit retentir les bois,
Et découvrit tout le mystère.
Chacun se réveille à ce son,

1. À profiter un peu.
2. Agir avec ruse.
3. Jouer.
4. Veste de paysan.
5. Transforme un morceau de bois en bâton de berger.
6. Instrument de musique.
7. Déguisée.
8. Traître.
9. Cornemuse.
10. Le trompeur.
11. Repaire.
12. Berger.
13. Imiter.

Les brebis, le chien, le garçon[14].
Le pauvre Loup, dans cet esclandre[15],
Empêché par son hoqueton,
Ne put ni fuir ni se défendre.
Toujours par quelque endroit fourbes[16] se laissent prendre.
Quiconque est loup agisse en loup :
C'est le plus certain de beaucoup[17].

Jean de La Fontaine, *Fables*, livre III, 3.

14. Le berger.
15. Incident fâcheux.
16. Les trompeurs.
17. Tout.

Pause lecture 1

Animaux et ruses

Fables

Le Corbeau et le Renard p. 10

Avez-vous bien lu ?

À la fin, quand le Corbeau jure « qu'on ne l'y reprendra plus », il veut dire :

❏ qu'il ne mangera plus de fromage.
❏ qu'il se méfiera des compliments.
❏ qu'il fuira le Renard.

La situation de départ

1 Où se trouve chacun des personnages ?

2 Quel est l'objet convoité par le Renard ?

3 Pourquoi n'a-t-il apparemment aucune chance de s'en emparer ?

Le Renard, un beau flatteur

4 Relevez dans le discours du Renard (vers 5 à 9) les mots et expressions destinés à flatter le Corbeau. Que veut-il obtenir ?

5 Comment les lecteurs comprennent-ils que le Renard n'est pas sincère ?

6 Pourquoi le Corbeau tombe-t-il dans le piège ?

Le sens de la fable

7 Qu'est-ce qui vous a amusé dans ce récit ?

8 Quels points communs les animaux de la fable ont-ils avec les hommes ? Reformulez en termes courants la leçon donnée par le Renard au Corbeau (vers 13 à 16). Qu'en pensez-vous ?

Le Renard et le Bouc p. 12-13

Avez-vous bien lu ?

Que signifie le dernier vers : « En toute chose, il faut considérer la fin » ?

❑ Avant d'agir, il faut réfléchir aux conséquences de l'action.
❑ On peut agir sans réfléchir, si on utilise la ruse.
❑ Tout est permis pourvu qu'on se tire d'affaire.

Une amitié inattendue

1 Pourquoi l'association du Renard et du Bouc est-elle étonnante (race, alimentation, habitudes...) ?

2 Dès le début, quel mot indique celui qui domine l'autre ? Comment La Fontaine fait-il comprendre les différences de caractère et d'intelligence entre les deux animaux ?

Dans le puits

3 Pourquoi les deux compagnons descendent-ils dans un puits ? Quelles en sont les conséquences positives ? négatives ?

La ruse du Renard

4 Comment Renard veut-il sortir du puits ? Quels ordres donne-t-il au Bouc ?

5 Pourquoi ne raconte-t-il pas la manière dont il aidera ensuite son ami à sortir ?

6 Quelles sont les erreurs du Bouc ? Montrez par un exemple que le Renard réfléchit avant d'agir.

7 Le Renard est-il vraiment l'ami du Bouc ? Quelles qualités attendez-vous d'un ami ?

Le Loup devenu Berger p. 14-15

Avez-vous bien lu ?

Le Loup se déguise en berger :

❑ parce qu'il aime se déguiser.
❑ parce qu'il est jaloux du berger.
❑ parce qu'il espère attirer ainsi des brebis sans méfiance.

Le déguisement

1 Quels objets utilise le Loup pour modifier son apparence ? À quoi sert chacun d'eux ?

2 Quel verbe est répété trois fois des vers 14 à 17 ? De quoi le Loup profite-t-il ?

3 Une fois déguisé, qu'arrive-t-il à faire ?

L'échec de la ruse

4 Qu'est-ce qui renverse totalement la situation ? Qu'a recherché le Loup ?

5 Pourquoi a-t-il obtenu un résultat opposé à ce qu'il voulait ? Qu'a-t-il oublié ?

Effet comique et morale de l'histoire

6 Pourquoi le Loup, animal redoutable, devient-il soudain ridicule et inoffensif ? Quel adjectif le montre ? Pourquoi ne réussit-il pas à s'enfuir ?

7 Reformulez la morale en une phrase ou deux.

8 Pourquoi est-il difficile de ruser et de paraître ce qu'on n'est pas ? D'après cette fable, a-t-on intérêt à agir en berger quand on est un Loup ? Pour quelle raison ?

Vers l'expression

Vocabulaire

1. Reliez par une flèche les expressions imagées à leur sens.
Exemple : Ne pas voir plus loin que le bout de son nez → Être incapable de prévoir

a. Avoir la grosse tête •	• **1.** Être triste
b. Avoir les dents longues •	• **2.** Être généreux
c. Avoir un grand cœur •	• **3.** Être ambitieux
d. Avoir le cœur gros •	• **4.** Être vaniteux

2. Recopiez les phrases suivantes en les complétant par les expressions imagées qui conviennent.

1. Mon petit frère est capable de tout pour avoir ce qu'il veut : il a ....

2. Depuis qu'il porte des vêtements de marque, mon voisin ne dit plus bonjour à personne : il ....

3. Ma meilleure amie vient de perdre son chien : elle ....

À vous de jouer

Écrivez un dialogue.

Après sa mésaventure, le Loup déguisé en berger revient au logis retrouver Dame Louve et les louveteaux affamés. La Louve s'étonne de son apparence et lui fait des reproches. Le Loup se justifie en racontant son aventure. Vous respecterez les règles de ponctuation (retours à la ligne, tirets, guillemets...).

Du texte à l'image

Observez l'image → voir dossier images p. I

Le Loup devenu Berger, Ivan Lammerant, dessin réalisé aux crayons de couleurs, 1995.

1 Qu'est-ce qui donne au Loup une apparence humaine ? Qu'a-t-il utilisé pour se déguiser ? Quels détails révèlent cependant sa vraie nature ?

2 Où se trouvent les autres personnages ? Que font-ils ? Quelles conséquences dramatiques pourraient avoir leurs attitudes ?

3 À quel passage de la fable « Le Loup devenu Berger » l'image correspond-elle ?

4 Cette image est à la fois amusante et dramatique. Démontrez-le en vous appuyant sur le choix des couleurs.

Lire

Le Paysan médecin

(Fabliau du XIIIe siècle)

Que sont les fabliaux ?

Le mot *fabliau* est emprunté au picard, un dialecte du Nord de la France. Il désigne un court récit qui, du XIIe au XIVe siècle, est écrit dans la langue que parle le peuple.

Qui êtes-vous, messieurs les auteurs ?

Moi, Jean Bodel, je suis né en 1165, à Arras. Je suis à la fois poète, écrivain, trouvère… J'ai écrit de très nombreux fabliaux mais je suis loin d'être le seul auteur. Les autres sont de grands seigneurs, des clercs sachant lire et écrire et même de simples jongleurs qui apprennent par cœur les textes ou les modifient selon leur imagination. Malheureusement, leurs noms ne sont pas toujours connus : des fabliaux très populaires sont anonymes.

> « *Des auteurs à la fois poètes, écrivains, trouvères.* »

Pourquoi inventer des fabliaux ?

Pour faire rire, bien sûr ! Parfois, il suffit d'un simple jeu sur les mots. Dans mon récit intitulé *Estula*, un paysan donne ce nom à son chien. Par une nuit sombre, deux voleurs s'organisent pour voler la récolte de son potager. Le paysan croit entendre du bruit et demande à son fils d'appeler le chien. Quand le fils crie « Estula », l'un des voleurs répond « Oui, je suis là », croyant s'adresser à son compagnon. Le fils rapporte le fait à son père, persuadé que le chien parle…

De quoi rit le public du Moyen Âge ?

Les fabliaux mettent en scène la vie quotidienne. On s'amuse de ce qui est montré et caricaturé : paysans stupides, femmes menteuses, maris jaloux, prêtres gourmands qui ne mettent pas en pratique les vertus qu'ils recommandent. Dans l'un de mes fabliaux, *Brunain, la vache du prêtre*, un couple de paysans écoute attentivement le prêtre qui dit, à l'église, que Dieu rend le double de ce qu'on lui donne de bon cœur. Naïvement, ils vont aussitôt trouver le prêtre et lui donnent leur unique vache. Celui-ci, peu honnête, remercie et va aussitôt attacher la bête à sa propre vache. Mais, pendant la nuit, la vache du paysan a envie de regagner son pré. Comme elle est plus forte que l'autre, elle entraîne celle du curé chez le paysan. Le jour venu, le prêtre n'a plus de vache et les paysans en ont deux !

Comment les fabliaux nous sont-ils parvenus ?

Du XIIe au XIVe siècle, les villes se développent et les foires qui s'y tiennent sont l'occasion d'échanger, de faire du commerce et de se divertir. Les jongleurs, qui vont de foire en foire, jouent un rôle essentiel dans la diffusion des fabliaux. Ils captivent leur public et associent tours d'adresse, musique et récits souvent modifiés en fonction de la réaction du public. C'est au XIXe siècle, que la plupart des fabliaux ont été traduits en français moderne. Cette traduction nous permet aujourd'hui de les découvrir. ■

« *Les fabliaux parlent de la vie quotidienne.* »

Qui sont les personnages ?

Le paysan

Il est riche, mais tellement cupide qu'il travaille du matin au soir pour amasser de l'argent. Il n'a jamais pris le temps de chercher une femme et ses amis lui conseillent de se marier.

➥ *Trouvera-t-il une bonne épouse ?*

La jeune demoiselle

Elle est noble et jolie, mais pauvre. Son père, un chevalier, souhaite la marier.

➥ *Sera-t-elle heureuse avec son paysan de mari ?*

Le roi

Sa fille, qu'il aime plus que tout, est en danger de mort.

➡ *Où trouvera-t-il un excellent médecin ?*

La fille du roi

Une arête de poisson est coincée dans sa gorge et elle ne peut ni parler ni manger.

➡ *Comment pourra-t-on la guérir ?*

Homme frappé et chassé d'une maison, aquarelle, 1480, musée Condé, Chantilly.

JADIS VIVAIT UN RICHE VILAIN[1] qui était très chiche[2]. Il était continuellement derrière sa charrue, tirée par une jument et un roncin[3]. Il ne manquait ni de viande, ni de pain ni de vin et possédait tout ce dont il avait besoin sauf… une femme ! Ses amis autant que ses voisins l'en blâmaient[4] fort. Il voulait bien se marier, à condition de trouver une bonne épouse. Aussi ses amis lui dirent qu'ils iraient chercher la meilleure qui soit.

Or, il y avait dans le pays un chevalier âgé et veuf qui avait une damoiselle[5] très belle et très courtoise[6]. Mais comme il manquait d'argent, il ne se trouvait personne pour demander la main de sa fille. Il l'aurait volontiers mariée parce qu'elle en avait l'âge.

Les amis du vilain allèrent trouver le chevalier et lui demandèrent la main de sa fille pour le paysan qui avait beaucoup d'or et beaucoup d'argent ainsi que du blé et du drap à profusion[7]. Le chevalier consentit au mariage et la leur donna sur-le-champ[8]. La jeune damoiselle, qui était très sage, n'osa pas désobéir. Elle était orpheline de mère et faisait ce qui plaisait à son père. Quant au vilain, il épousa aussi vite qu'il put la jeune fille que ce mariage ne réjouissait pas vraiment. Mais elle ne pouvait faire autrement !

Quand il en eut fini avec le tracas[9] des noces et tout ce qui s'ensuit, il ne lui fallut pas longtemps pour s'apercevoir qu'il avait agi à la hâte[10] et qu'il était mauvais pour lui d'avoir épousé une fille de chevalier. « Quand j'irai labourer, un damoiseau[11], pour qui tous les jours

1. Paysan.
2. Voulait avoir beaucoup d'argent.
3. Cheval de trait.
4. Le lui reprochaient.
5. Jeune fille.
6. Bien élevée.
7. En abondance.
8. Tout de suite.
9. Souci.
10. Trop vite.
11. Futur chevalier.

sont fériés, viendra rôder dans ma rue. Quand je serai loin de ma maison, le chapelain[1] viendra conter fleurette[2] à ma femme qui ne m'estimera[3] jamais ! Hélas ! pauvre de moi, se disait le vilain, comment sortir de ce mauvais pas ? Les regrets ne servent à rien. » Il commença à réfléchir au moyen de se préserver[4] de tous ces dangers. « Dieu, se dit-il, si je la battais le matin quand je me lève, elle pleurerait toute la journée et moi, je pourrais aller travailler tranquillement. J'en suis sûr, aussi longtemps qu'elle pleurera, personne ne viendra faire le galant[5]. Et le soir, quand je reviendrai, je lui demanderai pardon ; le soir, je la rendrai heureuse. Mais le matin, elle sera malheureuse. Je la battrai donc dès que j'aurai un peu mangé. »

Le vilain demande à manger, sa femme le sert avec empressement[6]. Il n'y avait ni saumon ni perdrix, mais du pain, du vin, des œufs frits et du fromage à satiété[7]. C'étaient les fruits de son travail. Mais dès que la table est débarrassée, de sa main qui est grande et large, le vilain brutal gifle si fort sa femme qu'on voit la marque de ses doigts sur son visage. Puis il la prend par les cheveux, la traîne et la bat, le brutal, comme si elle l'avait mal servi ! Là-dessus, il part bien vite aux champs, laissant sa femme tout éplorée[8]. « Hélas, que faire ? se demande-t-elle. Comment me tirer d'affaire ? Je ne sais quoi dire. Mon père m'a bien trahie en me donnant à ce vilain. Certes, c'est la rage au cœur que j'acceptais ce mariage. Mon Dieu ! Pourquoi ma mère est-elle morte ? »

Elle se lamente ainsi et tous les gens venus la voir ne peuvent que retourner chez eux. Elle est emplie de

1. Prêtre d'une chapelle privée.
2. Parler d'amour.
3. M'aimera.
4. Protéger.
5. Faire la cour.
6. Avec soin.
7. À volonté.
8. Triste.

douleur, toute la journée jusqu'au coucher du soleil. Alors, le mari rentre chez lui. Il se jette à ses pieds et la prie de lui pardonner : « Sachez que c'est le diable qui m'a poussé à tant de violence ! Tenez, je vous jure par ma foi que je ne vous battrai plus. Je suis furieux et triste. » Le vilain la supplia tant que la dame lui pardonna et elle lui servit le dîner qu'elle avait préparé. Quand ils eurent assez mangé, ils allèrent se coucher en paix.

Le lendemain matin, le vilain battit de nouveau sa femme, et il la battit si fort qu'il faillit l'estropier[9]. Après quoi, il partit aux champs pour labourer. La dame commença à pleurer : « Que faire ? Comment me tirer d'affaire ? Je suis en bien mauvaise posture[10]. Au fait, mon mari a-t-il déjà été battu ? Mais non ! Il ne sait pas ce que sont les coups. S'il le savait, pour rien au monde, il ne m'en donnerait autant. »

Tandis qu'elle se lamentait ainsi, deux messagers du roi arrivèrent, chacun sur un blanc palefroi[11]. Ils se dirigèrent vers la dame et la saluèrent au nom du roi. Puis ils demandèrent à manger car ils avaient grand-faim. Celle-ci les servit volontiers puis leur demanda : « D'où êtes-vous et où allez-vous ? Dites-moi ce que vous cherchez. » L'un des deux répondit :

« Dame, en vérité nous sommes messagers du roi. Il nous envoie chercher un médecin, jusqu'en Angleterre s'il le faut.

– Pour quoi faire ?

– Damoiselle Ade, la fille du roi, est malade ; elle a passé huit jours entiers sans rien boire ni manger, à cause d'une arête de poisson coincée dans son gosier[12]. Le roi en

9. Lui arracher un membre.
10. Dans une situation bien difficile.
11. Cheval de parade.
12. Sa gorge.

est tout attristé. S'il la perd, plus jamais il ne connaîtra le bonheur. » La dame leur dit alors :

« Inutile d'aller plus loin car mon mari, je vous l'affirme, est bon mire[1] ; il connaît plus de médecines[2] qu'Hippocrate[3] lui-même et fait de bons diagnostics.

– Dame, est-ce que vous plaisantez ?

– Non, je n'en ai pas la moindre envie. Mais il a un naturel si bizarre, qu'il ne fait rien de bien si on ne le bat auparavant. »

Les messagers répondirent :

« On y veillera ; pour ce qui est des coups, il sera servi ! Dame, où pouvons-nous le trouver ?

– Aux champs. Quand vous sortirez de cette cour, suivez le ruisseau au-delà de cette route déserte. La toute première charrue que vous trouverez, c'est la nôtre ; que saint Pierre l'apôtre vous garde ! »

Les messagers du roi chevauchèrent jusqu'à ce qu'ils aient trouvé le vilain. Ils le saluèrent au nom du roi et lui ordonnèrent sans plus tarder :

« Venez parler au roi.

– Pour quoi faire ? demanda le vilain.

– À cause de cette science qui est la vôtre : il n'y a pas meilleur mire que vous sur cette terre. Nous venons de très loin pour vous ramener. »

Quand le vilain s'entendit appeler « mire », son sang se mit à bouillir et il assura qu'il ne savait rien de rien.

« Qu'est-ce que nous attendons ? dit l'un des messagers, nous savons qu'il veut être battu avant de faire ou de dire du bien. » L'un d'eux le frappa derrière l'oreille et l'autre dans le dos avec un gros bâton.

1. Médecin.
2. Médicaments et traitements.
3. Médecin grec (Ve siècle av. J.-C.). Il est à l'origine du serment que prêtent les médecins.

Puis ils le conduisirent tout honteux auprès du roi. Ils le montèrent sur le cheval, la tête tournée vers les talons. Le roi venait à leur rencontre. Il leur demanda :

« Est-ce que vous avez trouvé quelqu'un ?

– Oui, Sire », répondirent-ils ensemble.

Le vilain se mit à trembler de peur. L'un des messagers conta au roi les manies qu'avait le bonhomme, et ajouta qu'il était plein de méchanceté et qu'il ne faisait rien de ce qu'on lui demandait sans qu'on l'ait auparavant longuement battu. Le roi déclara :

« C'est un drôle de mire que celui-ci. Je n'ai jamais rien entendu de tel. Eh bien, qu'il soit battu puisqu'il en est ainsi !

– Je suis prêt. Quand vous commanderez, j'exécuterai vos ordres », dit un sergent.

Le roi appela le vilain : « Écoutez-moi bien, maître, je vais faire venir ma fille pour que vous la guérissiez. » Le vilain implora sa miséricorde :

« Sire, par Dieu qui jamais n'a menti, je vous affirme que je n'y connais rien en médecine.

– C'est extraordinaire, s'exclama le roi. Battez-le ! »

Des valets s'approchèrent et le battirent volontiers. Quand le vilain sentit les coups, il crut devenir fou. « Grâce ! leur cria-t-il, je la guérirai sans délai[4]. »

La jeune fille, qui était dans la salle, avait le teint très pâle. Le vilain se demanda de quelle manière il allait bien pouvoir la guérir car il voyait qu'il fallait réussir ou bien… mourir. Alors, il se dit que pour la sauver, il fallait faire ou dire quelque chose qui la ferait rire. Ainsi l'arête sortirait de sa gorge. Il dit donc au roi : « Faites allumer

4. Tout de suite.

un feu dans cette chambre et laissez-nous. Vous verrez bien ce que je peux faire, et, s'il plaît à Dieu, je la guérirai. » Le roi ordonna qu'on fît un grand feu. Valets et écuyers se précipitèrent pour exécuter les ordres. La jeune fille s'assit près de l'âtre[1], sur une chaise placée là. Alors le vilain ôta ses braies[2], s'allongea et se mit à se gratter et à s'étriller[3]. Or ses ongles étaient longs et il avait la peau dure. Pas un homme jusqu'à Saumur n'était meilleur gratteur que lui ! En voyant ce spectacle, la jeune fille ne put s'empêcher de rire malgré la douleur qu'elle ressentait ; elle fit un tel effort que l'arête tomba de sa bouche. Le vilain se rhabilla tout de suite, prit l'arête et sortit de la chambre. « Sire, votre fille est guérie, dit-il au roi. Voici l'arête, Dieu merci ! »

Le roi se réjouit beaucoup :

« Sachez que je vous suis très reconnaissant. Vous aurez des vêtements et des robes en remerciement.

– Merci, Sire, mais je n'en veux pas. Je ne souhaite pas rester avec vous, je dois rentrer chez moi. Par saint Germain, nous n'avons plus de pain et quand je suis parti ce matin, je devais aller au moulin ! »

Le roi appela deux serviteurs : « Battez-le et il restera ! » Ils lui donnèrent une bonne raclée. Quand le vilain sentit les coups sur ses bras, ses jambes et son dos, à nouveau il cria grâce : « Je resterai, mais arrêtez ! » Il resta donc à la cour. On le tondit, on le rasa, on l'habilla de propre, en robe d'écarlate[4]. Il se croyait tiré d'affaire. C'est alors que les malades du pays, plus de quatre-vingts, dit-on, vinrent voir le roi à l'occasion d'une fête. Chacun lui expliqua son cas. Le roi appela le vilain.

1. Près du feu.
2. Pantalons.
3. Se racler.
4. Rouge.

« Maître, prenez soin de ces gens, faites tout pour les guérir.

– De grâce, Sire, il y en a trop, je n'en viendrai jamais à bout, je ne peux pas guérir tout ce monde-là ! »

Le roi appela deux serviteurs. Chacun prit un gourdin, car ils savaient pertinemment[5] pourquoi le roi les appelait.

Quand le vilain les vit venir, il se mit à trembler. « Grâce, cria-t-il, je vais les guérir aussi ! » Le vilain demanda du bois. On lui en apporta autant qu'il en voulut. Il alluma un feu dans la salle. Il réunit tous les malades, pria le roi de sortir avec tous ceux qui étaient bien portants. Ainsi fut fait. Le vilain dit alors aux malades : « Seigneurs, par le Dieu qui m'a créé, ce n'est pas une mince affaire que de vous guérir. J'ai bien peur de ne pas réussir. Je vais choisir le plus malade d'entre vous et le jeter dans ce feu. Tous les autres boiront ses cendres avec de l'eau, et ils seront guéris sur-le-champ. »

Il n'y eut pas un bossu, pas un enflé pour s'avouer malade. Le vilain dit à l'un d'eux :

« Dis-moi, on dirait que tu es très faible.

– Grâce, sire, je me sens plus que jamais en parfaite santé. Je suis soulagé des nombreux maux dont j'étais affligé[6] depuis longtemps. Sachez que je ne vous mens pas !

– Va-t'en, alors. Que fais-tu ici ? »

L'homme quitta la pièce sans demander son reste[7]. Le roi lui demanda :

« Alors, es-tu guéri ?

5. Parfaitement.
6. Je souffrais.
7. Sans en demander davantage.

– Oui, Sire, pitié ! Je suis plus sain qu'une pomme. Il est vraiment bon mire, votre prud'homme[1] ! »

Qu'ajouterai-je ? Aucun homme, petit ou grand, pour rien au monde n'aurait consenti[2] à être jeté dans le feu. Tous s'en allèrent comme s'ils étaient complètement guéris. Quand le roi vit cela, il fut empli de joie et dit au vilain :

« Beau maître, je suis émerveillé de leur guérison rapide.

– Sire, je les ai charmés[3] car je connais un charme qui vaut mieux que gingembre et citovaut[4].

– Vous pourrez repartir chez vous quand vous voudrez, et avec des deniers[5], des palefrois et de bons destriers[6]. Quand je vous manderai[7], vous obéirez à mes ordres. Vous serez mon ami le plus cher et celui de tous mes sujets. Mais je vous en supplie, ne faites plus de niaiserie[8], ne vous faites plus outrager[9] en nous obligeant à vous battre, c'est une honte !

– Merci, Sire, dit le vilain. Je suis votre homme, soir et matin, ma vie durant. Jamais je ne le regretterai. » Sur ce, il prit congé du roi et retourna chez lui tout joyeux. Jamais on ne vit plus riche manant[10], il ne toucha plus à la charrue… et sa femme ne fut plus jamais battue. Au contraire, il l'aima et la chérit. Tout se passa comme je vous l'ai dit, grâce à sa femme et à sa ruse. Il fut bon mire… sans avoir jamais étudié la médecine.

1. Homme sage.
2. Accepté.
3. Ensorcelés.
4. Plantes aromatiques utilisées comme épices.
5. De l'argent.
6. Chevaux.
7. Demanderai de venir.
8. Bêtise.
9. Punir.
10. Paysan.

Pause lecture 2

Le triomphe de la ruse et du mensonge

Le Paysan médecin

Un mariage malheureux l. 1 à 74

Avez-vous bien lu ?

Le paysan bat sa femme pour :

❏ lui montrer qu'il est le maître.
❏ éloigner les jeunes gens de la maison.
❏ l'obliger à mieux le servir.

Deux époux mal assortis

1 Pourquoi le chevalier donne-t-il sa fille en mariage à un paysan ?

2 Que ressent la jeune fille ? Comment réagit-elle ? Pourquoi ?

3 Pour quelle raison le paysan ne change-t-il pas ses habitudes de travail après le mariage ? Que craint-il cependant ?

La solution du paysan

4 Quelle solution le paysan a-t-il imaginée pour être tranquille ?

5 Dans le passage des lignes 46 à 51, recopiez les termes et expressions qui expriment la brutalité de son comportement.

6 Que ressent alors la jeune femme ?

De la souffrance à la réflexion

7 Comment la jeune épouse s'explique-t-elle l'attitude violente de son mari ? Est-ce la vraie raison ?

8 Que va-t-elle chercher à faire ?

Le paysan battu l. 75 à 169

Avez-vous bien lu ?

Le paysan est battu car :

❑ sa réponse aux messagers du roi est impolie.
❑ sa femme a dénoncé sa violence.
❑ c'est, selon sa femme, la condition pour qu'il pratique la médecine.

Le mensonge de la jeune femme

1 Que recherchent les messagers du roi ?
2 Que leur dit la jeune femme battue ?
3 Montrez que le mensonge va permettre d'inverser la situation.

Devant le roi

4 De sa rencontre avec les messagers au moment où il accepte ce qu'on lui demande (l. 108 à 142), combien de fois le paysan a-t-il été battu ? Par qui ?
5 Qu'éprouve-t-il quand il parle au roi ? Citez deux expressions qui montrent la progression de son angoisse.

Un paysan rusé

6 Quel remède inattendu et comique le faux médecin imagine-t-il pour sauver la fille du roi ?
7 Qu'a-t-il gagné ? Pourquoi est-il cependant à nouveau battu ?

Un grand médecin l. 170 à 233

Avez-vous bien lu ?

Le paysan obtient les faveurs du roi car :

- ❏ il a réellement guéri les malades du royaume.
- ❏ il leur a fait peur et ils se sont sauvés en disant au roi qu'ils étaient guéris.
- ❏ il a guéri la reine.

Pris au piège

1 À quelle occasion de nombreux malades sont-ils venus trouver le roi ? Pourquoi, selon vous ?

2 Qu'exige alors le roi ? Pourquoi la situation est-elle encore plus difficile pour le paysan ?

Les préparatifs

3 Avant de commencer la consultation des malades du royaume, qu'obtient le paysan ?

4 Quand il devait guérir la princesse, pourquoi avait-il fait allumer un grand feu ? À quoi va servir le feu dans la situation présente ?

Tout est bien qui finit bien

5 Pourquoi le roi est-il émerveillé par le pouvoir du paysan médecin ? Comment le récompense-t-il ? La ruse et le mensonge sont-ils punis ?

6 Citez au moins deux raisons pour lesquelles le paysan ne bat plus jamais sa femme.

7 Cette histoire pourrait-elle se passer au XXIe siècle ? Pourquoi ?

Vers l'expression

Vocabulaire

1. Voici, par ordre alphabétique une liste de termes et expressions utilisés et expliqués p. 27-28 : *chevalier* **(2 fois) –** *conter fleurette – damoiseau – damoiselle – vilain.* **Replacez-les au bon endroit dans le texte suivant.**

Un jeune et beau .... avait appris que la fille d'un .... allait être contrainte d'épouser un .... qui travaillait aux champs. Il décida de lui rendre visite car il était amoureux d'elle.

– Bonjour, ..., je souhaite faire votre connaissance et vous rendre visite avec l'autorisation de votre père. »

Le .... surgit et l'interrompit : « Inutile de .... à ma fille, déclara-t-il. Son mariage est déjà conclu. »

2. Indiquez le nom commun correspondant à chacun des adjectifs suivants.
Exemple : étonné → étonnement.
Surpris – stupéfait – effaré – ahuri.

À vous de jouer

Au retour de son mari très richement vêtu, la jeune épouse le questionne. Complétez le texte suivant en rédigeant les réponses du mari.

« Mon cher époux, j'ai appris qu'on vous a mené auprès du roi. Comment s'est passée votre rencontre avec notre souverain ?
– Fort mal au début ! J'ai ....
– On dit que vous avez guéri la princesse. Comment avez-vous fait ?
– J'ai ....

Du texte à l'image

Observez l'image → voir dossier images p. II

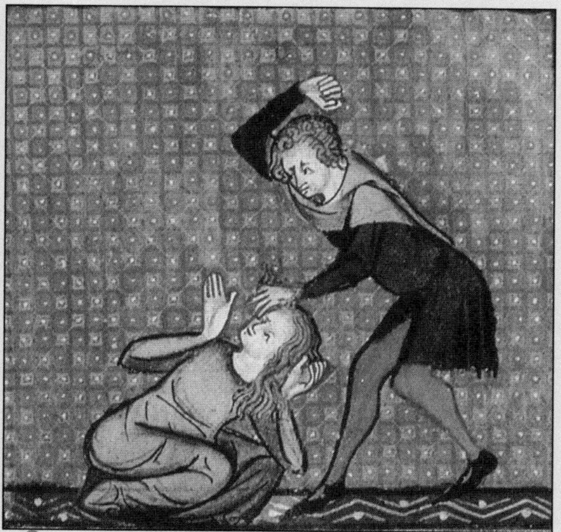

Scène de jalousie tirée du *Roman de la Rose*, de Jean de Meun (1240-1305), et Guillaume de Lorris (1200-1240), miniature, bibliothèque Sainte-Geneviève, Paris.

1 Cherchez dans le dictionnaire le sens du mot *miniature*.

2 Que fait l'homme ? Et la femme ? Quels sentiments expriment leurs visages et leurs attitudes ?

3 Quelles sont les couleurs utilisées pour les habits ? Commentez.

4 Le décor permet-il de localiser la scène ou sert-il d'ornement ?

5 À quel épisode du *Paysan médecin*, cette image vous fait-elle penser ? Quels sont les points communs et les différences entre la scène évoquée par le fabliau et cette miniature ?

Lire

Le Roman de Renart

(XIIe-XIIIe siècles)

Extraits

Traduction et adaptation de Paulin Paris (1861)

Qu'est-ce que Le Roman de Renart ?

C'est **un ensemble d'histoires** concernant un animal qu'on appelait, au Moyen Âge, un goupil et dont le nom propre est Renart. Les aventures de ce personnage sont devenues si célèbres que, dès le XVIIe siècle, le nom propre a remplacé le nom commun ! Actuellement, nous avons oublié les goupils et nous parlons de renards. Nous pouvons cependant distinguer le personnage grâce à la majuscule et à l'orthographe particulière de son nom, avec un « t » à la fin : Renart.

« Un animal célèbre très tôt pour sa ruse. »

Quelles sont ses origines ?

L'invention du *Roman de Renart* doit beaucoup aux fables et aux contes populaires évoquant des animaux qui parlent comme les hommes. Ces histoires se sont **longtemps transmises oralement**.

Qui est le premier auteur français du *Roman de Renart* ?

C'est le poète Pierre de Saint-Cloud qui, le premier, vers 1175, met par écrit la guerre entre Renart et Ysengrin. Le mot *roman* vient précisément de la langue qu'il utilise, **la langue** romane, issue du latin et **parlée dans la vie courante**. Il raconte comment le rusé Renart s'introduit chez un riche fermier, trompe Chanteclerc, le coq, puis est trompé à son tour. Continuant son chemin, le goupil entre dans la tanière du loup Ysengrin, absent. Il dévore les provisions, maltraite les louveteaux et courtise la Louve. À son retour, Ysengrin déverse sa colère sur son épouse puis décide de se venger.

Comment *Le Roman de Renart* se répand-il ?

Le récit a beaucoup de succès. Les jongleurs, poètes et musiciens qui vont de château en château et de foire en foire, reprennent le récit de Pierre de Saint-Cloud et inventent souvent d'autres aventures.

Le récit s'amplifie et se ramifie comme le ferait un arbre : on utilise le terme de *branche* pour désigner les épisodes et les aventures qui se greffent peu à peu, comme sur un tronc. Ces branches sont organisées en recueils et ne suivent pas un ordre chronologique.

On a identifié **29 auteurs différents**, mais la plupart de leurs noms se sont perdus. On connaît tout de même ceux de Richard, de Lison et du prêtre de la Croix-en-Brie.

Quel est le rapport entre la société animale et la société féodale de l'époque ?

Les animaux ont gardé leurs caractéristiques physiques, mais ils vivent dans un monde qui ressemble beaucoup à la société du Moyen Âge : autour du roi, Noble, le lion, vit une cour de seigneurs (Ysengrin, Renart, Brun, l'ours...). Plus bas dans la hiérarchie, on trouve Chanteclerc, le coq ou Tybert, le chat... Celui-ci devient par exemple vassal de Renart auquel il promet d'être fidèle et qui, en échange, doit le protéger : ce sont là des lois féodales. Mais ni l'un ni l'autre ne tiennent parole. Le rapprochement entre univers animal et société féodale permet de faire rire, mais aussi de critiquer en amusant. ■

« Une critique de la société médiévale. »

Qui sont les personnages ?

Renart, le goupil

Seigneur de Maupertuis, époux de Dame Hermeline, père de deux fils, Malebranche et Percehaie, Renart est le maître des ruses. Inventif et moqueur, il se montre parfois cruel.

➥ *Jusqu'où est-il capable d'aller ?*

Ysengrin, le loup

Éternel ennemi de Renart, il vit dans son domaine avec Dame Hersent, la louve et ses louveteaux. Puissant, courageux, mais brutal, il ne réfléchit pas.

➥ *Sera-t-il l'éternelle victime de Renart ?*

Tybert, le chat

Souvent trompé par Renart, il demeure néanmoins un rival astucieux et redoutable.

➨ *Sera-t-il assez rusé pour piéger Renart ?*

Renart et les marchands de poisson

RENART, ON LE VOIT, n'avait pas toujours le temps à souhait[1], et ses entreprises[2] n'étaient pas toutes également heureuses. Quand le doux temps d'été faisait place au rigoureux hiver, il était souvent à bout de provisions, il n'avait rien à donner, rien à dépendre[3]. Les usuriers[4] lui faisaient défaut[5], il ne trouvait plus de crédit chez les marchands. Un de ces tristes jours de profonde disette[6], il sortit de Maupertuis, déterminé à n'y rentrer que les poches gonflées. D'abord, il se glisse entre la rivière et le bois dans une jonchère[7], et quand il est las de ses vaines[8] recherches, il approche du chemin ferré[9], s'accroupit dans l'ornière[10], tendant le cou d'un et d'autre côté. Rien encore ne se présente. Dans l'espoir de quelque chance meilleure, il va se placer devant une haie, sur le versant[11] du chemin : enfin il entend un mouvement de roues. C'étaient des marchands qui revenaient des bords de la mer, ramenant des harengs frais, dont, grâce au vent de bise[12] qui avait soufflé toute la semaine, on avait fait pêche abondante ; leurs paniers crevaient sous le poids des anguilles et des lamproies[13] qu'ils avaient encore achetées, chemin faisant[14].

À la distance d'une portée d'arc[15], Renart reconnut aisément[16] les lamproies et les anguilles. Son plan est bientôt fait : il rampe sans être aperçu jusqu'au milieu du chemin, il s'étend et se vautre[17], jambes écartées, dents rechignées[18], la langue pantelante[19], sans mouvement et sans haleine[20]. La voiture avance ; un des marchands regarde, voit un corps immobile, et, appelant son

1. Comme il voulait.
2. Ruses.
3. Dépenser.
4. Personnes qui prêtent de l'argent.
5. Refusaient de lui prêter de l'argent.
6. Famine.
7. Grand terrain humide où poussent les joncs, plantes à tiges souples.
8. Sans résultat.
9. Pierreux.
10. Creux laissé par les roues des charrettes.
11. Le talus.
12. Vent froid.
13. Poissons de rivière.
14. Sur la route.
15. Distance à laquelle on peut lancer une flèche avec un arc.
16. Facilement.
17. S'étale.
18. Apparentes.
19. Pendante.
20. Sans souffle.

compagnon : « Je ne me trompe pas, c'est un goupil ou un blaireau.

– C'est un goupil, dit l'autre ; descendons, emparons-nous-en, et surtout qu'il ne nous échappe. » Alors ils arrêtent le cheval, vont à Renart, le poussent du pied, le pincent et le tirent ; et comme ils le voient immobile, ils ne doutent pas qu'il ne soit mort.

« Nous n'avions pas besoin d'user de grande adresse ; mais que peut valoir sa pelisse[21] ?

– Quatre livres, dit l'un.

– Dites cinq, reprend l'autre, et pour le moins ; voyez sa gorge, comme elle est blanche et fournie ! C'est la bonne saison. Jetons-le sur la charrette. »

Ainsi dit, ainsi fait. On le saisit par les pieds, on le lance entre les paniers, et la voiture se remet en mouvement. Pendant qu'ils se félicitent de l'aventure et qu'ils se promettent de découdre[22], en arrivant, la robe[23] de Renart, celui-ci ne s'en inquiète guère ; il sait qu'entre faire et dire il y a souvent un long trajet. Sans perdre de temps, il étend la patte sur le bord d'un panier, se dresse doucement, dérange[24] la couverture, et tire à lui deux douzaines des plus beaux harengs. Ce fut pour aviser[25] avant tout à la grosse faim qui le travaillait. D'ailleurs il ne se pressa pas, peut-être même eut-il le loisir[26] de regretter l'absence de sel ; mais il n'avait pas l'intention de se contenter de si peu. Dans le panier voisin frétillaient[27] les anguilles : il en attira vers lui cinq à six des plus belles ; la difficulté était de les emporter, car il n'avait plus faim. Que fait-il ? Il aperçoit dans la charrette une botte de ces ardillons[28] d'osier qui servent à embrocher[29] les poissons : il en prend

21. Fourrure.
22. D'enlever.
23. Fourrure.
24. Déplace.
25. Trouver une solution.
26. Temps.
27. Remuaient.
28. Petites tiges.
29. Mettre en broche.

deux ou trois, les passe dans la tête des anguilles, puis se roule de façon à former de ces ardillons une triple ceinture, dont il rapproche les extrémités en tresse. Il s'agissait maintenant de quitter la voiture ; ce fut un jeu pour lui : seulement il attendit que l'ornière vînt trancher sur le vert gazon[1], pour se couler[2] sans bruit et sans risque de laisser après lui les anguilles.

Et cela fait, il aurait eu regret d'épargner un brocard aux voituriers[3]. « Dieu vous maintienne en joie, beaux vendeurs de poisson ! leur cria-t-il. J'ai fait avec vous un partage de frère : j'ai mangé vos plus gros harengs et j'emporte vos meilleures anguilles ; mais je laisse le plus grand nombre. » Quelle ne fut pas alors la surprise des marchands ! Ils crient : « Au goupil, au goupil ! » mais le goupil ne les redoutait guère : il avait les meilleures jambes. « Fâcheux contre-temps ! disent-ils, et quelle perte pour nous, au lieu du profit que nous pensions tirer de ce maudit animal ! Voyez comme il a dégagé[4] nos paniers ; puisse-t-il en crever au moins d'indigestion !

– Tant qu'il vous plaira, dit Renart, je ne crains ni vous ni vos souhaits. » Puis il reprit tranquillement le chemin de Maupertuis. Hermeline, la bonne et sage dame, l'attendait à l'entrée ; ses deux fils, Malebranche et Percehaie, le reçurent avec tout le respect qui lui était dû, et quand on vit ce qu'il rapportait, ce fut une joie et des embrassements sans fin. « À table ! s'écria-t-il, que l'on ait soin de bien fermer les portes, et que personne ne s'avise de nous déranger. »

1. Que les roues de la charrette traversent le gazon.
2. Se glisser.
3. De ne pas se moquer des marchands.
4. Vidé.

Renart faisant le mort, miniature, XIVe siècle, BNF, Paris.

Renart et Ysengrin à la pêche aux anguilles

C'était peu de temps avant Noël, quand on pense à saler les bacons[1]. Le ciel était parsemé d'étoiles, il faisait un grand froid, et le vivier[2] où Renart avait conduit son compère était assez fortement pris de glace[3] pour que l'on pût en toute sécurité former sur lui des rondes joyeuses. Il n'y avait qu'un seul trou, soigneusement entretenu chaque jour par les paysans du village, et près duquel ils avaient laissé le seau qui leur servait à puiser[4] de l'eau.

Renart, indiquant du doigt le vivier : « Mon oncle, dit-il, c'est là que se tiennent en quantité les barbeaux, les tanches et les anguilles[5] ; et précisément voici l'engin qui sert à les prendre. » Il montrait le seau. « Il suffit de le tenir quelque temps plongé dans l'eau, puis de l'en tirer quand on sent à sa pesanteur[6] qu'il est garni de poissons.

– Je comprends, dit Ysengrin, et pour bien faire, je crois, beau neveu, qu'il faudrait attacher l'engin à ma queue ; c'est apparemment ainsi que vous faites vous-même quand vous voulez avoir une bonne pêche.

– Justement, dit Renart ; c'est merveille comme vous comprenez aisément[7]. Je vais faire ce que vous demandez. »

Il serre fortement le seau à la queue d'Ysengrin. « Et maintenant, vous n'avez plus qu'à vous tenir immobile pendant une heure ou deux, jusqu'à ce que vous sentiez les poissons arriver en foule dans l'engin[8].

– Je comprends fort bien ; pour de la patience, j'en aurai tant qu'il faudra. »

1. Jambons.
2. L'étang aménagé pour l'élevage de poissons.
3. Gelé.
4. Faire remonter.
5. Poissons d'eau douce.
6. Son poids.
7. Facilement.
8. Le seau.

Renart se place alors un peu à l'écart, sous un buisson, la tête entre les pieds, les yeux attachés[9] sur son compère. L'autre se tient au bord du trou, la queue en partie plongée dans l'eau avec le seau qui la retient. Mais comme le froid était extrême, l'eau ne tarda pas à se figer[10], puis à se changer en glace autour de la queue. Le loup, qui se sent pressé[11], attribue le tiraillement aux poissons qui arrivent ; il se félicite, et déjà songe au profit qu'il va tirer d'une pêche miraculeuse. Il fait un mouvement, puis s'arrête encore, persuadé que plus il attendra, plus il amènera de poissons à bord. Enfin, il se décide à tirer le seau ; mais ses efforts sont inutiles. La glace a pris de la consistance, le trou est fermé, la queue est arrêtée sans qu'il lui soit possible de rompre l'obstacle. Il se démène[12] et s'agite, il appelle Renart : « À mon secours, beau neveu ! il y a tant de poissons que je ne puis les soulever ; viens m'aider ; je suis las[13], et le jour ne doit pas tarder à venir. » Renart, qui faisait semblant de dormir, lève alors la tête : « Comment, bel oncle, vous êtes encore là ? Allons, hâtez-vous[14], prenez vos poissons et partons ; le jour ne peut tarder à venir.

– Mais, dit Ysengrin, je ne puis les remonter. Il y en a tant, tant, que je n'ai pas la force de soulever l'engin.

– Ah ! reprend Renart en riant, je vois ce que c'est ! Mais à qui la faute ? Vous en avez voulu trop prendre, et le vilain[15] a raison de le dire : Qui tout désire tout perd[16]. »

La nuit passe, l'aube paraît, le soleil se lève. La neige avait blanchi la terre, et messire Constant des Granges, un honnête vavasseur[17] dont la maison touchait à[18] l'étang, se lève et sa joyeuse mesgnie[19]. Il prend un cor,

9. Fixés.
10. Durcir.
11. Serré.
12. Remue dans tous les sens.
13. Fatigué.
14. Dépêchez-vous.
15. Paysan.
16. Celui qui en veut trop finit par tout perdre.
17. Vassal d'un suzerain, lui-même vassal d'un seigneur.
18. Était voisine de.
19. Avec les habitants de sa maison.

appelle ses chiens, fait seller un cheval ; des clameurs[1] partent de tous les côtés, tout se dispose[2] pour la chasse. Renart ne les attend pas, il reprend lestement le chemin de Maupertuis, laissant sur la brèche[3] le pauvre Ysengrin qui tire de droite et de gauche, et déchire sa queue cruellement sans parvenir à la dégager. Survient un garçon tenant deux lévriers[4] en laisse. Il aperçoit le loup arrêté par la queue dans la glace, et le derrière ensanglanté. « Ohé ! ohé ! le loup ! » Les veneurs[5] avertis accourent avec d'autres chiens, et cependant Ysengrin entend Constant des Granges donner l'ordre de les délier[6]. Les braconniers[7] obéissent ; leurs brachets[8] s'attachent[9] au loup qui, la pelisse hérissée[10], se dispose à faire bonne défense. Il mord les uns, retient les autres à distance. Alors messire Constant descend de cheval, approche l'épée au poing et pense couper Ysengrin en deux. Mais le coup porte à faux[11] ; messire Constant, ébranlé[12] lui-même, tombe sur la tête et se relève à grand-peine. Il revient à la charge, vise la tête, le coup glisse et le glaive[13] descend sur la queue qu'il emporte tout entière. Ysengrin, surmontant une douleur aiguë, fait un effort suprême et s'élance au milieu des chiens qui s'écartent pour lui ouvrir passage et courir aussitôt à sa poursuite. Malgré la meute entière acharnée sur ses traces, il gagne une hauteur d'où il les défie. Brachets et lévriers, tous alors renoncent à leur chasse. Ysengrin entre au bois, plaignant la longue et riche queue qu'il s'est vu contraint de laisser en gage, et jurant de tirer vengeance de Renart, qu'il commence à soupçonner de lui avoir malicieusement ménagé toutes ces fâcheuses aventures.

1. Cris.
2. Prépare.
3. Abandonnant.
4. Chiens de chasse.
5. Chasseurs.
6. Lâcher.
7. Ceux qui tiennent les chiens en laisse.
8. Chiens de chasse.
9. S'attaquent.
10. Les poils dressés.
11. Le manque.
12. Déséquilibré.
13. L'épée.

Renart et les marchands de poissons, miniature (4 x 5 cm), XIIIe siècle, BNF, Paris.

Renart et la découverte de l'andouille

Vous avez vu comment Renart avait à grand peine tiré sa jambe du terrible piège. Quand il eut un peu dormi d'un sommeil agité, il se remit tristement en chemin, clochant du pied[1] et pressé d'une faim cruelle. Tybert le croyait bien mort, quand il le vit arriver à lui, la queue basse, l'œil doux et bienveillant. À la vue de celui qui l'avait si bien joué[2], le sang de Renart ne fit qu'un tour, mais, pour assurer sa vengeance, il sentit qu'il fallait se contraindre[3].

« Eh ! Tybert, quel vent vous mène ? lui dit-il en le voyant fuir. Là ! là ! Ne courez pas si vite ! Laissez-moi vous dire quelques mots : avez-vous oublié la foi jurée[4] ? Si vous pouviez me supposer la moindre rancune, vous seriez dans une grande erreur. À Dieu ne plaise ! J'ai repris ce chemin, uniquement dans l'espoir de vous rejoindre, comme mon féal[5] chevalier. » À ces paroles doucement prononcées, Tybert ralentit le pas ; il s'arrête même, en prenant soin toutefois de bien préparer ses ongles[6]. Pour Renart, épuisé de faim et de fatigue, il était encore moins disposé que la veille à engager une lutte ouverte. « En vérité, mon cher Tybert, dit-il, le monde est bien méchant : on n'y connaît plus de charité ; on ne songe qu'à tromper les autres, comme si la mauvaise foi n'était pas toujours punie. Je vous dis cela pour ce grand sermonneur[7], le compère Ysengrin, qui, tout nouvellement[8], est entré dans les ordres[9]. J'apprends qu'il vient d'être surpris par celui qu'il voulait prendre et son exemple m'a fait ouvrir les yeux. Je ne veux pas être traité comme lui ;

Les sermons

Ce sont des discours que les prêtres tiennent pendant la messe pour donner une leçon de morale chrétienne aux fidèles.

1. Boitant.
2. Trompé.
3. Se retenir.
4. La promesse.
5. Le chevalier qui m'a juré fidélité.
6. Griffes.
7. Homme qui prononce des sermons.
8. Récemment.
9. Est devenu moine.

jamais les méchants n'ont fait une bonne fin, et je sais trop bien, d'ailleurs, ce qu'il en coûte de ne pas avoir de véritable ami. Vous, par exemple, Tybert, pour qui j'ai toujours ressenti une affection particulière, quand vous m'avez cru mort, vous avez décampé. Vous n'avez pas ri de mon malheur et je ferais mauvais parti[10] à qui vous en accuserait, puisqu'il y avait entre nous foi jurée ; mais, dites-moi bien la vérité, cher Tybert : vous avez eu, n'est-ce pas, un grand chagrin de cœur en me voyant arrêté dans le piège, quand les chiens s'attachaient à mes flancs et que le vilain[11] levait sur moi sa coignée[12] ? Il croyait me tuer du coup, et du coup il me délivra, si bien que j'ai, grâce à Dieu, conservé ma peau.

– J'en ai vraiment de la joie, dit Tybert.

– N'est-ce pas ? J'en étais sûr, bien que vous ayiez peut-être un peu aidé à me pousser dans ce vilain piège, ce que je vous pardonne et de grand cœur. Seulement je dis, non pour vous en faire un reproche, que vous auriez pu agir un peu plus charitablement. N'en parlons plus ! »

Tybert, à ces douces paroles, répondait mollement, en protestant[13] de ses bonnes intentions ; et comme on semblait disposé à l'en croire, il offrit de renouveler son hommage, tandis que Renart s'engagerait à le défendre envers et contre tous. Voilà la paix de nouveau signée, paix que l'un et l'autre entendent tenir comme à l'ordinaire.

Ils suivaient, sans trop discourir[14], le sentier frayé[15], tourmentés d'une faim à peu près égale, quand ils font rencontre[16] d'une grande andouille[17] abandonnée près du chemin, à l'entrée d'une terre labourée. Renart s'en saisit le premier.

L'hommage

Tybert est devenu le vassal de Renart par la cérémonie de l'hommage : il a juré fidélité à Renart, qui, lui, s'est engagé à protéger le chat. *Le Roman de Renart* reprend les codes de la société féodale.

10. Me battrais.
11. Le paysan.
12. Sa hache.
13. Jurant.
14. Parler
15. Tracé.
16. Font la découverte.
17. Saucisse.

« J'y ai part[1] ! crie Tybert aussitôt.

– Assurément, reprend Renart ; si je vous privais, que deviendrait la foi jurée[2] ?

– Eh bien, partageons et mangeons.

– Non, doux ami, le lieu n'est pas assez écarté ; nous y serions mal à l'aise. Il faut l'emporter ailleurs.

– J'y consens[3], puisque vous le voulez. »

Renart prend l'andouille par le milieu, de façon à laisser pendre les deux bouts. Tybert le suivait, inquiet de ce Renart avait en pensée. Ah ! s'il tenait lui-même la bienheureuse pièce, il serait plus assuré d'en avoir au moins sa part. « Eh, mon Dieu ! dit-il, compain[4], comment tenez-vous donc cette andouille ! Vous laissez traîner les bouts dans la poussière et vous mouillez le milieu de votre salive ; c'est à soulever le cœur. Si vous continuez, je vous en cède ma part. Oh que je la porterais autrement !

– Comment la porteriez-vous ?

– Vous allez voir. Aussi bien dois-je avoir tout le mal[5], puisque vous l'aviez vue le premier. »

Renart, tout bien considéré, le laissa faire. Car, pensait-il, la charge l'embarrassera et j'aurai plus aisément raison de lui. Tybert prend l'andouille, serre un des bouts entre ses dents, la balance et la rejette sur son dos. « Voyez-vous, compain, dit-il, cela s'appelle porter une andouille ; elle ne prend pas de poussière et ma bouche ne touche que ce qu'on ne mange pas. Suivons le chemin, il conduit à la croix que nous apercevons là sur cette hauteur, bon endroit pour y manger à l'aise ; l'on voit de tous côtés, on n'y craint pas de surprise. » Renart n'était pas trop de cet

La croix

Dans les campagnes, on dressait de grandes croix le long des chemins pour rappeler la mort de Jésus et inviter à prier.

1. Je dois en avoir une part.
2. La promesse qui nous unit.
3. Je suis d'accord.
4. Compagnon.
5. La peine de porter la saucisse.

avis ; mais le chat, sans attendre de permission, courait à toutes jambes et c'était à Renart de le suivre.

« Attendez-moi donc, compain !

– Mais vous, reprenait Tybert, hâtez le pas, si vous voulez arriver à temps. »

Quand il fut au haut du tertre[5], Tybert, qui, dès sa première enfance, avait appris l'art de monter et descendre, dresse les pieds, et grâce à ses ongles, grimpe aisément[6] sur les bras de la croix. Il s'y arrête en ronronnant, pendant que Renart arrive :

« Eh ! Tybert, comment l'entendez-vous ?[7]

– Comme il faut, compain. Montez, nous mangerons ensemble.

– Cela me serait difficile, c'est à vous de descendre. Vous savez à qui l'andouille appartient ; c'est d'ailleurs un objet sanctifié[8] qu'il faut partager avant de manger. Gardez-en la moitié et jettez-moi l'autre ; ainsi notre association sera consacrée[9].

– Ah! Renart, que dites-vous là ! Êtes-vous ivre ? Je ne le ferais pas pour cent livres. Oui, l'andouille est un symbole de foi et c'est pour cela qu'on ne peut mieux la manger que sur croix ou dans l'église. On doit y mettre une grande révérence[10].

– Mais, dit Renart, il n'y a pas de place pour deux sur votre croix ; vous le savez, chevalier déloyal. Vous m'avez engagé votre foi. Allez-vous déjà me fausser compagnie ?[11] Quand deux amis sont ensemble, s'ils viennent à trouver fortune, ils sont tenus de partager. Faites donc là-haut le partage de l'andouille et jetez ma part ; j'en prends le péché[12] sur moi.

6. De la colline.
7. Facilement.
8. Qu'allons-nous faire ?
9. Sacré.
10. Scellée.
11. Un grand respect.
12. Trahir.
13. La faute.

– En vérité, répond Tybert, vous êtes pire qu'un hérétique[1] ; vous voulez que je jette ce qu'on doit tenir avec le plus grand respect ! Il faudrait que le vin m'eût bien monté à la tête pour aller ainsi contre la foi. Écoutez-moi : si vous m'en croyez, pour cette fois, vous vous en passerez ; mais la prochaine que nous trouverons, je vous le promets, elle sera vôtre.

– Au moins, Tybert, laisse tomber quelques miettes de celle-ci !

– Non, vous êtes trop glouton[2]. Eh quoi ! ne pouvez-vous attendre qu'il en arrive une autre, meilleure peut-être ? »

Il n'en dit pas davantage et se mit à manger l'andouille. À cette vue, le cœur de Renart se gonfle, ses yeux se mouillent.

« Je vois avec plaisir, dit Tybert, que vous pleurez vos anciens péchés ; Dieu, témoin de votre repentir[3], vous en donnera le pardon.

– C'est trop fort, en vérité ! s'écria Renart écumant de rage. Tu me le paieras cher ; car il faudra bien que tu descendes, ne serait-ce que pour aller boire.

– Quant à cela, Renart, Dieu y a pourvu[4]. Il a pratiqué dans la croix un trou où s'est conservée l'eau de la dernière pluie. Il y en a plus qu'il n'en faut pour apaiser ma soif.

– Il faudra pourtant que tu descendes.

– Ce ne sera pas aujourd'hui.

– Eh bien ! ce sera dans un mois, dans un an.

– Vous resterez à m'attendre ?

– Oui ! Même s'il fallait rester sept ans.

– Vous en feriez serment[5] ?

1. Personne qui a des opinions contraires à la religion.
2. Gourmand.
3. Remords.
4. A fait ce qu'il fallait.
5. La promesse.

– Oui ! je jure de ne pas quitter cette croix avant que tu n'en descendes.

– Vous savez que c'est se damner[6] que d'être parjure[7].

– Oh ! je ne le serai pas ; et pour m'engager davantage, je le jure sur la croix.

– Vous m'affligez[8], Renart ; car enfin vous êtes à jeun[9], et demeurer sept ans ici sans rien trouver à mettre sous la dent, cela vous semblera bien cruel. Mais comme vous l'avez juré…

– Tais-toi !

– Oh ! je le veux bien, cela me permettra d'achever mon excellent repas. »

Renart ne tint pas longtemps le serment qu'il avait prononcé. Un mâtin[10], qui avait flairé sa piste, donna des voix[11], puis les brachets[12] et les veneurs[13].

« Quel est ce bruit ? dit-il avec émotion.

– Attendez et ne bougez pas surtout, dit Tybert ; c'est une agréable mélodie, présage de l'arrivée d'une charmante société qui vient ici prendre ses ébats[14]. Ils vont chercher une messe dans le voisinage, et vous serez là bien à propos, car je crois me souvenir que vous avez été prêtre. »

Renart ne trouva pas sa présence nécessaire dans l'assemblée. Il se leva et comme il gagnait le large[15] : « Mon Dieu, lui dit Tybert, qu'allez-vous faire ! Et votre serment, Renart, l'avez-vous oublié ? Songez que vous en rendrez compte au Jugement dernier. Pourquoi vous effrayer ? Je suis au mieux[16] avec les chiens ; s'il le faut, je leur donnerai pour vous mon gage[17]. » Renart ne l'écoutait plus, il était loin quand les chiens arrivèrent. Cependant, tout en courant de son mieux, il maugreait[18] le perfide[19] Tybert et se promettait de le poursuivre jusqu'à la mort.

Le Jugement dernier

Après la mort, selon la religion catholique, les croyants sont jugés par Dieu, qui décide s'ils vont au paradis ou en enfer.

6. Condamner à l'enfer.
7. Ne pas tenir un serment.
8. Me rendez très triste.
9. Vous n'avez rien mangé.
10. Gros chien.
11. Aboya.
12. Chiens de chasse.
13. Chasseurs à cheval.
14. Se réunir.
15. S'enfuyait.
16. Je m'entends très bien.
17. Je vous protègerai.
18. Maudissait.
19. Traître.

Benjamin Rabier (1865-1939), *Renart et la découverte de l'andouille*, illustration.

Pause lecture 3

Quand Renart gagne et perd

Le Roman de Renart

Une ruse amusante p. 46 à 48

Avez-vous bien lu ?

Pour satisfaire sa faim, Renart :

- ❑ saute dans la charrette sans être vu.
- ❑ arrête la charrette en attaquant le cheval.
- ❑ fait semblant d'être mort.

Renart tourmenté par la faim

1 Pour quelles raisons Renart n'a-t-il rien à manger ?

2 Quels aspects de sa situation évoquent la société humaine ?

3 Montrez que, malgré les difficultés, Renart ne se laisse pas abattre.

Renart dans la charrette

4 Quels indices ont conduit les marchands à croire Renart mort ? Dans quel but l'ont-ils jeté dans la charrette ?

5 Que fait Renart ? Qu'est-ce qui montre qu'il n'a pas peur et s'amuse ?

6 Comment fait-il pour emporter les anguilles ? Reste-t-il modeste après sa victoire ?

Retour au logis

7 En quoi Renart est-il un bon époux et un bon père de famille ? Quels sentiments lui témoignent ses enfants ?

8 Montrez par un exemple que la situation finale est le contraire de celle du début. Le lecteur plaint-il les marchands ? Pourquoi ?

Une ruse cruelle

p. 50 à 52

Avez-vous bien lu ?

Ysengrin est :

- ❏ l'oncle de Renart.
- ❏ le cousin de Renart.
- ❏ le neveu de Renart.

Le cadre de l'action

1 Quand se passent les événements (saison, moment de la journée) ? Citez le texte pour justifier votre réponse.

2 Pourquoi les paysans ont-ils creusé un trou dans la glace ? À quoi leur sert le seau?

La scène

3 Que propose Renart à Ysengrin ? Qu'évoque-t-il pour influencer le loup ?

4 Pour quelles raisons Ysengrin est-il d'accord ? Citez les propos montrant qu'il admire Renart et qu'il cherche à l'imiter.

5 Comment et où se place le loup ? et Renart ? Qu'attend-il ?

Suites et rebondissements

6 Que sait déjà le lecteur quand Ysengrin fait des efforts inutiles pour tirer le seau ? Que croit le loup à ce moment ?

7 Comment Renart réagit-il quand Ysengrin l'appelle au secours ? Quel trait de caractère exprime son attitude ?

8 Quel nouvel événement met le loup en grand danger ? À quel prix a-t-il la vie sauve ?

9 Que pensez-vous d'Ysengrin ? de Renart ?

Le trompeur trompé p. 54 à 59

Avez-vous bien lu ?

Quand il rencontre Tybert, Renart ne se venge pas car :

- ❏ il est très affaibli.
- ❏ Tybert lui a juré fidélité selon les règles de la chevalerie.
- ❏ Tybert paraît heureux de le revoir.

Une paix incertaine

1 Quelle est la première réaction de Tybert quand il aperçoit Renart ? Sur quel ton celui-ci lui parle-t-il ? Pourquoi ?

2 Dans les propos de Renart (l. 21 à 41), relevez deux exemples de paroles ironiques suggérant le contraire de ce qui est dit. De quoi Renart accuse-t-il Tybert ?

3 Une fois la paix signée, qu'attend le lecteur ?

Une proie disputée

4 Qui saisit le premier l'andouille ? Quels arguments utilise le second pour la récupérer ? Pourquoi obtient-il satisfaction ?

5 Pour quelle raison Tybert choisit-il de se diriger vers une croix ? Quels avantages le lieu et la forme de l'objet ont-ils pour un chat ?

6 Dans quelle situation se trouve alors Renart ? Comment réagit-il ? Qu'éprouve-t-il ?

Fin du récit et morale

7 Quel événement provoque la fuite de Renart ? Qui a gagné ?

8 Tybert vous paraît-il pratiquer la générosité et l'amour des autres recommandés par la religion catholique ? Est-il sincère ou hypocrite quand il utilise un langage religieux ?

Vers l'expression

Vocabulaire

1. **Voici une liste d'adjectifs qualificatifs classés par ordre alphabétique :**
Agile – bavard – gai – muet – myope – rusé – sale – têtu.
Reliez-les aux animaux auxquels ils sont traditionnellement attribués :
Âne – carpe – cochon – pie – pinson – renard – singe – taupe.
Exemple : *rusé comme un renard.*

2. **a. Quel est le mot intrus dans la liste des adjectifs suivants ?**
Escroc – déloyal – félon – filou – fourbe – honnête – imposteur – menteur – traître – tricheur – trompeur.
b. Quel est le point commun des autres adjectifs ?

3. **En vous aidant du dictionnaire, trouvez les noms communs correspondant à chacun des adjectifs de l'exercice précédent.**
Exemple : *escroc* ➜ *escroquerie.*

À vous de jouer

Rédigez la suite d'une aventure du *Roman de Renart*.

Renart s'est plaint auprès de Noble, le lion parce que le chat Tybert l'a trompé et s'est montré déloyal. Convoqué à la cour du roi, Tybert donne sa version des faits et se justifie. Vous pouvez commencer ainsi : *Sire, pour vous montrer ma loyauté, je vais vous raconter sincèrement ce qui s'est passé. C'est Renart qui a d'abord porté l'andouille que nous avons trouvée. Mais...*

Du texte à l'image

Observez l'image → voir dossier images p. III

Adaptation en B.D. du *Roman de Renart* par Jean-Marc Mathis et Thierry Martin, vol. 1, p. 14, Delcourt.

1. Qui sont les deux personnages représentés ? Que porte l'un d'entre eux autour du cou ?
2. D'où viennent-ils ? Où arrivent-ils ?
3. À quel moment l'un des personnages devance-t-il l'autre ? Qu'est-ce qui l'indique dans le texte ? dans le dessin ?
4. Que met particulièrement en valeur le format vertical de la dernière vignette ? Pourquoi l'un des personnages n'est-il plus présent ?

Lire

La ruse chez Molière

- *George Dandin* (1668)
- *Les Fourberies de Scapin* (1671)
- *Le Malade imaginaire* (1673)

Extraits

Qui êtes-vous, Molière ?

Parlez-nous de votre enfance.

Je suis né à Paris en janvier 1622. Je m'appelle **Jean-Baptiste Poquelin**. Mon père possède une boutique rue Saint-Honoré et exerce la charge de tapissier du roi : il est décorateur et fournisseur officiel de la Cour. Dès l'âge de sept ou huit ans, mon grand-père maternel me fait découvrir les joies du théâtre de rue. Je me rends avec lui sur le Pont-Neuf et **je découvre les personnages de la comédie italienne**.

« Je devais devenir avocat. »

Cette époque heureuse où s'éveille mon goût pour le théâtre est assombrie par la mort de ma mère alors que je n'ai que 10 ans. Mon père veut que je devienne avocat, titre qui permet d'acheter une charge, c'est-à-dire une fonction à vie dans la justice ou l'administration. Il m'inscrit d'abord à Paris, dans un collège fréquenté par des fils d'aristocrates où je réussis brillamment. Malgré mon goût persistant pour le théâtre, je me conforme à sa demande et obtient une licence en droit.

Quand devenez-vous comédien ?

En 1642, je rencontre une famille de comédiens, les Béjart, et je tombe amoureux de Madeleine Béjart. Malgré la colère de mon père qui menace de me déshériter, je fonde une troupe avec elle, *L'Illustre Théâtre* et je prends le **pseudonyme de Molière**. Nos débuts à Paris sont difficiles. J'essaie sans succès de jouer la tragédie et je fais même de la prison pour dettes. Nous décidons alors de tenter notre chance en province. Nous allons parcourir la France du Nord au Sud pendant douze années. C'est dans le domaine de la **comédie** que notre troupe réussit le mieux. Je suis alors protégé par Monsieur, frère de Louis XIV à qui il me présente et, dès 1659, je suis de retour à Paris.

D'où vient votre inspiration ?

Je puise dans les **fabliaux du Moyen Âge** (*Le Paysan Médecin* devient *Le Médecin malgré lui* en 1671). Je m'inspire beaucoup de la **comédie italienne** et de ses personnages comme Arlequin, acrobate et rusé ou Scapin, fourbe et pleins d'astuces. Je suis certain que *Les Fourberies de Scapin* (1671) restera l'une de mes pièces le plus jouées : deux jeunes gens tombent amoureux, en l'absence de leurs pères, de jeunes filles auxquelles ils promettent le mariage. Le retour des pères, opposés à leur union, est un coup de tonnerre. Mais, les amoureux sont secondés par l'inventif Scapin. Je me moque aussi des bourgeois qui veulent se faire passer pour nobles, imitent leurs manières et se font piéger. Ainsi, dans *George Dandin*, 1668, un paysan qui a épousé la fille d'une famille noble dont il a payé les dettes est victime des ruses de son épouse et de la mauvaise foi de la famille. Dans mes pièces les plus connues, il est fréquent que la manie d'un père mette en danger le bonheur de la famille. L'avarice (*L'Avare*, 1668) la manie de vouloir paraître noble (*Le Bourgeois Gentillhomme*, 1670), l'obsession de paraître malade (*Le Malade Imaginaire*, 1673) pourraient conduire au malheur des enfants en âge de se marier. Mais, j'ai créé des personnages secondaires (nourrices, servantes et valets dévoués) intelligents et pleins de ressources dont les stratagèmes permettent de faire éclater la vérité. **Leur ruse est au service des plus faibles** et sert à démasquer ceux qui profitent malhonnêtement de la situation. ■

« Je puise dans les fabliaux du Moyen Âge. »

Prix d'un violent malaise, lors de la quatrième représentation du Malade imaginaire *en 1673, Molière meurt chez lui, la nuit même. Il a 51 ans. Il a écrit, mis en scène et joué plus de 30 pièces.*

Qui sont les personnages ?

George Dandin

Ce riche paysan a épousé Angélique, la fille de nobles de province ruinés, Monsieur et Madame de Sotteville.

➨ *Obtiendra-t-il l'appui de ses beaux-parents qui le méprisent ?*

Angélique

Cette jolie jeune femme, pleine d'astuces, est amoureuse du beau Clitandre mais tient à paraître vertueuse auprès de ses parents.

➨ *Y parviendra-t-elle ?*

Monsieur et Madame de Sotenville

Intéressés par l'argent, ils trouvent un grand avantage à avoir un gendre riche mais ils le méprisent parce qu'il n'est pas noble.

➨ *Croiront-ils naïvement les mensonges de leur fille ?*

Claudine

Suivante d'Angélique, elle est complice de celle-ci.

➨ *Son aide sera-t-elle efficace ?*

Acte III, scène 6

ANGÉLIQUE, CLAUDINE, GEORGE DANDIN

ANGÉLIQUE. – Rentrons sans faire de bruit.

CLAUDINE. – La porte s'est fermée.

ANGÉLIQUE. – J'ai le passe-partout.

CLAUDINE. – Ouvrez donc doucement.

ANGÉLIQUE. – On a fermé en dedans, et je ne sais comment nous ferons.

CLAUDINE. – Appelez le garçon qui couche là.

ANGÉLIQUE. – Colin, Colin, Colin.

GEORGE DANDIN, *mettant la tête à sa fenêtre.* – Colin, Colin ? ah ! je vous y prends donc, Madame ma femme, et vous faites des *escampativos*[1] pendant que je dors. Je suis bien aise de cela, et de vous voir dehors à l'heure qu'il est.

ANGÉLIQUE. – Hé bien ! quel grand mal est-ce qu'il y a à prendre le frais de la nuit ?

GEORGE DANDIN. – Oui, oui, l'heure est bonne à prendre le frais. C'est bien plutôt le chaud, Madame la coquine ; et nous savons toute l'intrigue du rendez-vous, et du damoiseau. Nous avons entendu votre galant entretien, et les beaux vers à ma louange que vous avez dits l'un et l'autre. Mais ma consolation, c'est que je vais être vengé, et que votre père et votre mère seront convaincus maintenant de la justice de mes plaintes, et du dérèglement de votre conduite. Je les ai envoyé quérir[2], et ils vont être ici dans un moment.

ANGÉLIQUE. – Ah Ciel !

CLAUDINE. – Madame.

1. Fugues.
2. Chercher.

GEORGE DANDIN. – Voilà un coup sans doute où vous ne vous attendiez pas. C'est maintenant que je triomphe, et j'ai de quoi mettre à bas votre orgueil, et détruire vos artifices[1]. Jusques ici vous avez joué[2] mes accusations, ébloui[3] vos parents, et plâtré vos malversations[4]. J'ai eu beau voir, et beau dire, et votre adresse toujours l'a emporté sur mon bon droit, et toujours vous avez trouvé moyen d'avoir raison ; mais à cette fois, Dieu merci, les choses vont être éclaircies, et votre effronterie sera pleinement confondue[5].

ANGÉLIQUE. – Hé ! je vous prie, faites-moi ouvrir la porte.

GEORGE DANDIN. – Non, non ; il faut attendre la venue de ceux que j'ai mandés, et je veux qu'ils vous trouvent dehors à la belle heure qu'il est. En attendant qu'ils viennent, songez, si vous voulez, à chercher dans votre tête quelque nouveau détour pour vous tirer de cette affaire, à inventer quelque moyen de rhabiller[6] votre escapade, à trouver quelque belle ruse pour éluder[7] ici les gens et paraître innocente, quelque prétexte spécieux[8] de pèlerinage nocturne, ou d'amie en travail d'enfant[9], que vous veniez de secourir.

ANGÉLIQUE. – Non : mon intention n'est pas de vous rien déguiser. Je ne prétends point me défendre, ni vous nier les choses, puisque vous les savez.

GEORGE DANDIN. – C'est que vous voyez bien que tous les moyens vous en sont fermés[10], et que dans cette affaire vous ne sauriez inventer d'excuse qu'il ne me soit facile de convaincre de fausseté.

ANGÉLIQUE. – Oui, je confesse que j'ai tort, et que vous avez sujet de vous plaindre. Mais je vous demande par

1. Ruses.
2. Déjoué.
3. Trompé.
4. Dissimulé vos fautes.
5. Démasquée.
6. Donner une autre version de, déguiser.
7. Tromper.
8. Mauvais prétexte.
9. En train d'accoucher.
10. Interdits.

➜ Du texte à l'image p. 20

Le Loup devenu Berger

Dessin réalisé aux crayons de couleur par Yvan Lammerlant, 1995.

→ Du texte à l'image p. 39

Scène de jalousie tirée du *Roman de la Rose*

de Jean de Meun (1240-1305), et Guillaume de Lorris (1200-1240), miniature, bibliothèque Sainte-Geneviève, Paris.

→ Du texte à l'image p. 65

Adaptation en B.D. du *Roman de Renart* par Jean-Marc Mathis et Thierry Martin, vol. 1, p. 14, Delcourt.

→ Du texte à l'image p. 96

Les Fourberies de Scapin

Mise en scène de Jacques Bachelier avec Jacques Bachelier (Scapin) et Frédéric Schalck (Géronte), Vingtième Théâtre, Paris, 2011.

grâce de ne m'exposer point maintenant à la mauvaise humeur de mes parents, et de me faire promptement[11] ouvrir.

GEORGE DANDIN. – Je vous baise les mains[12].

ANGÉLIQUE. – Eh ! mon pauvre petit mari, je vous en conjure !

GEORGE DANDIN. – Ah ! mon pauvre petit mari ? Je suis votre petit mari maintenant, parce que vous vous sentez prise. Je suis bien aise de cela, et vous ne vous étiez jamais avisée de me dire de ces douceurs.

ANGÉLIQUE. – Tenez, je vous promets de ne vous plus donner aucun sujet de déplaisir, et de me…

GEORGE DANDIN. – Tout cela n'est rien. Je ne veux point perdre cette aventure[13], et il m'importe[14] qu'on soit une fois éclairci à fond de vos déportements[15].

ANGÉLIQUE. – De grâce, laissez-moi vous dire. Je vous demande un moment d'audience.

GEORGE DANDIN. – Hé bien, quoi ?

ANGÉLIQUE. – Il est vrai que j'ai failli[16], je vous l'avoue encore une fois, que votre ressentiment[17] est juste ; que j'ai pris le temps de sortir pendant que vous dormiez, et que cette sortie est un rendez-vous que j'avais donné à la personne que vous dites. Mais enfin ce sont des actions que vous devez pardonner à mon âge, des emportements de jeune personne qui n'a encore rien vu, et ne fait que d'entrer au monde, des libertés où l'on s'abandonne sans y penser de mal, et qui sans doute dans le fond n'ont rien de…

GEORGE DANDIN. – Oui, vous le dites et ce sont de ces choses qui ont besoin qu'on les croie pieusement[18].

11. Rapidement.
12. Vous pouvez toujours attendre.
13. Occasion.
14. Je veux.
15. Votre mauvaise conduite.
16. Commis une faute.
17. Colère.
18. Sur parole.

ANGÉLIQUE. – Je ne veux point m'excuser par là d'être coupable envers vous, et je vous prie seulement d'oublier une offense dont je vous demande pardon de tout mon cœur, et de m'épargner en cette rencontre[1] le déplaisir que me pourraient causer les reproches fâcheux de mon père et de ma mère. Si vous m'accordez généreusement la grâce que je vous demande, ce procédé obligeant[2], cette bonté que vous me ferez voir, me gagnera[3] entièrement. Elle touchera tout à fait mon cœur, et y fera naître pour vous ce que tout le pouvoir de mes parents et les liens du mariage n'avaient pu y jeter. En un mot, elle sera cause que je renoncerai à toutes les galanteries, et n'aurai de l'attachement que pour vous. Oui, je vous donne ma parole que vous m'allez voir désormais la meilleure femme du monde, et que je vous témoignerai tant d'amitié, tant d'amitié, que vous en serez satisfait.

GEORGE DANDIN. – Ah ! crocodile, qui flatte les gens pour les étrangler.

ANGÉLIQUE. – Accordez-moi cette faveur.

GEORGE DANDIN. – Point d'affaires[4]. Je suis inexorable[5].

ANGÉLIQUE. – Montrez-vous généreux.

GEORGE DANDIN. – Non.

ANGÉLIQUE. – De grâce !

GEORGE DANDIN. – Point.

ANGÉLIQUE. – Je vous en conjure de tout mon cœur.

GEORGE DANDIN. – Non, non, non. Je veux qu'on soit détrompé de vous, et que votre confusion éclate.

ANGÉLIQUE. – Hé bien ! si vous me réduisez au désespoir, je vous avertis qu'une femme en cet état est capable de

1. Dans ces circonstances.
2. Qui me rend service.
3. Séduira.
4. Rien à faire.
5. Je ne changerai pas d'avis.

tout, et que je ferai quelque chose ici dont vous vous repentirez.

GEORGE DANDIN. – Et que ferez-vous, s'il vous plaît ?

ANGÉLIQUE. – Mon cœur se portera jusqu'aux extrêmes résolutions[6], et de ce couteau que voici je me tuerai sur la place.

GEORGE DANDIN. – Ah ! ah ! à la bonne heure.

ANGÉLIQUE. – Pas tant à la bonne heure pour vous que vous vous imaginez. On sait de tous côtés nos différends[7], et les chagrins perpétuels[8] que vous concevez contre moi. Lorsqu'on me trouvera morte, il n'y aura personne qui mette en doute que ce ne soit vous qui m'aurez tuée ; et mes parents ne sont pas gens assurément à laisser cette mort impunie, et ils en feront sur votre personne toute la punition que leur pourront offrir et les poursuites de la justice, et la chaleur[9] de leur ressentiment. C'est par là que je trouverai moyen de me venger de vous, et je ne suis pas la première qui ait su recourir à de pareilles vengeances, qui n'ait pas fait difficulté de se donner la mort pour perdre ceux qui ont la cruauté de nous pousser à la dernière extrémité.

GEORGE DANDIN. – Je suis votre valet[10]. On ne s'avise plus de se tuer soi-même, et la mode en est passée il y a longtemps.

ANGÉLIQUE. – C'est une chose dont vous pouvez vous tenir sûr ; et si vous persistez dans votre refus, si vous ne me faites ouvrir, je vous jure que tout à l'heure je vais vous faire voir jusques où peut aller la résolution d'une personne qu'on met au désespoir.

6. Décisions graves.
7. Disputes.
8. Continuels.
9. Force.
10. Il n'en est pas question.

GEORGE DANDIN. – Bagatelles, bagatelles. C'est pour me faire peur.

ANGÉLIQUE. – Hé bien ! puisqu'il le faut, voici qui nous contentera tous deux, et montrera si je me moque. Ah ! c'en est fait. Fasse le Ciel que ma mort soit vengée comme je le souhaite, et que celui qui en est cause reçoive un juste châtiment de la dureté qu'il a eue pour moi !

GEORGE DANDIN. – Ouais ! serait-elle bien si malicieuse[1] que de s'être tuée pour me faire pendre ? Prenons un bout de chandelle pour aller voir.

ANGÉLIQUE. – St[2]. Paix ! Rangeons-nous chacune immédiatement contre un des côtés de la porte.

GEORGE DANDIN. – La méchanceté d'une femme irait-elle bien jusque-là ? (*Il sort avec un bout de chandelle, sans les apercevoir ; elles entrent ; aussitôt elles ferment la porte.*) Il n'y a personne. Eh ! je m'en étais bien douté, et la pendarde[3] s'est retirée, voyant qu'elle ne gagnait rien après[4] moi, ni par prières ni par menaces. Tant mieux ! cela rendra ses affaires encore plus mauvaises, et le père et la mère qui vont venir en verront mieux son crime. Ah ! ah ! la porte s'est fermée. Holà ! ho ! quelqu'un ! qu'on m'ouvre promptement !

ANGÉLIQUE, *à la fenêtre avec Claudine.* – Comment ? C'est toi ! D'où viens-tu, bon pendard[5] ? Est-il l'heure de revenir chez soi quand le jour est près de paraître ? Et cette manière de vie est-elle celle que doit suivre un honnête mari ?

CLAUDINE. – Cela est-il beau d'aller ivrogner[6] toute la nuit ? et de laisser ainsi toute seule une pauvre jeune femme dans la maison ?

1. Mauvaise.
2. Psitt.
3. Friponne.
4. Avec.
5. Canaille.
6. Se saouler.

GEORGE DANDIN. – Comment ? vous avez…

ANGÉLIQUE. – Va, va, traître, je suis lasse[7] de tes déportements[8], et je m'en veux plaindre, sans plus tarder, à mon père et à ma mère.

GEORGE DANDIN. – Quoi ? c'est ainsi que vous osez…

Molière, *George Dandin*, III, 6 (1668).

7. Fatiguée.
8. Écarts de conduite.

George Dandin, mise en scène d'Anne-Marie Lazarini avec Philippe Lebas (George Dandin), Christine Brücher (Angélique) et Isabelle Mentré (Claudine), Théâtre Artistic Athévains, 2004, Paris.

Qui sont les personnages ?

Scapin

L'ingénieux valet de Léandre a plus d'une astuce pour aider son maître et celle qu'il aime.

➨ *Quelle sera sa prochaine fourberie ?*

Géronte

Cet avare s'oppose à l'amour de son fils pour Zerbinette, une belle Égyptienne. Mais il a un ennemi : Scapin, qui veut se venger des coups reçus.

➨ *Qui sera le plus malin ?*

Acte III, scène 2

GÉRONTE, SCAPIN

GÉRONTE. – Hé bien, Scapin, comment va l'affaire de mon fils ?

SCAPIN. – Votre fils, Monsieur, est en lieu de sûreté[1] ; mais vous courez maintenant, vous, le péril[2] le plus grand du monde, et je voudrais pour beaucoup que vous fussiez dans votre logis.

GÉRONTE. – Comment donc ?

SCAPIN. – À l'heure que je vous parle, on vous cherche de toutes parts pour vous tuer.

GÉRONTE. – Moi ?

SCAPIN. – Oui.

GÉRONTE. – Et qui ?

SCAPIN. – Le frère de cette personne qu'Octave a épousée. Il croit que le dessein[3] que vous avez de mettre votre fille à la place que tient sa sœur est ce qui pousse le plus fort à faire rompre leur mariage ; et, dans cette pensée, il a résolu[4] hautement de décharger son désespoir sur vous et vous ôter la vie pour venger son honneur. Tous ses amis, gens d'épée comme lui, vous cherchent de tous les côtés et demandent de vos nouvelles. J'ai vu même deçà et delà des soldats de sa compagnie qui interrogent ceux qu'ils trouvent, et occupent par pelotons toutes les avenues[5] de votre maison. De sorte que vous ne sauriez aller chez vous, vous ne sauriez faire un pas ni à droite ni à gauche, que vous ne tombiez dans leurs mains.

GÉRONTE. – Que ferai-je, mon pauvre Scapin ?

1. En sécurité. Pour obtenir de l'argent de Géronte, Scapin lui avait fait croire que son fils avait été enlevé.
2. Danger.
3. Projet.
4. Décidé.
5. Tous les accès.

SCAPIN. – Je ne sais pas, Monsieur, et voici une étrange affaire. Je tremble pour vous depuis les pieds jusqu'à la tête, et… Attendez. (*Il se retourne, et fait semblant d'aller voir au bout du théâtre s'il n'y a personne.*)

GÉRONTE, *en tremblant*. – Eh ?

SCAPIN, *en revenant*. – Non, non, non, ce n'est rien.

GÉRONTE. – Ne saurais-tu trouver quelque moyen pour me tirer de peine ?

SCAPIN. – J'en imagine bien un ; mais je courrais risque, moi, de me faire assommer.

GÉRONTE. – Eh ! Scapin, montre-toi serviteur zélé[6], ne m'abandonne pas, je te prie.

SCAPIN. – Je le veux bien. J'ai une tendresse pour vous qui ne saurait souffrir[7] que je vous laisse sans secours.

GÉRONTE. – Tu en seras récompensé, je t'assure ; et je te promets cet habit-ci, quand je l'aurai un peu usé.

SCAPIN. – Attendez. Voici une affaire[8] que je me suis trouvée fort à propos pour vous sauver. Il faut que vous vous mettiez dans ce sac et que…

GÉRONTE, *croyant voir quelqu'un*. – Ah !

SCAPIN. – Non, non, non, non, ce n'est personne. Il faut, dis-je, que vous vous mettiez là-dedans, et que vous vous gardiez[9] de remuer en aucune façon. Je vous chargerai sur mon dos, comme un paquet de quelque chose, et je vous porterai ainsi au travers de vos ennemis, jusque dans votre maison, où, quand nous serons une fois, nous pourrons nous barricader, et envoyer quérir[10] main-forte contre la violence.

GÉRONTE. – L'invention[11] est bonne.

6. Dévoué.
7. Supporter.
8. Un objet.
9. Que vous évitiez.
10. Chercher.
11. La ruse.

SCAPIN. – La meilleure du monde. Vous allez voir. *(À part.)* Tu me paieras l'imposture[1].

GÉRONTE. – Eh ?

SCAPIN. – Je dis que vos ennemis seront bien attrapés. Mettez-vous bien jusqu'au fond, et surtout prenez garde de ne vous point montrer, et de ne branler pas[2], quelque chose qui puisse arriver.

GÉRONTE. – Laisse-moi faire. Je saurai me tenir…

SCAPIN. – Cachez-vous : voici un spadassin[3] qui vous cherche. *(En contrefaisant[4] sa voix.)* « Quoi ? jé n'aurai pas l'abantage dé tuer cé Geronte, et quelqu'un par charité né m'enseignera pas où il est ? » *(À Géronte de sa voix ordinaire.)* Ne branlez pas. *(Reprenant son ton contrefait.)* « Cadédis[5], jé lé trouberai, sé cachât-il au centre dé la terre. » *(À Géronte avec son ton naturel.)* Ne vous montrez pas. *(Tout le langage gascon est supposé de celui qu'il contrefait, et le reste de lui.)* « Oh, l'homme au sac ! » Monsieur. « Jé té vaille[6] un louis, et m'enseigne où put être Geronte. » Vous cherchez le seigneur Géronte ? « Oui, mordi ! jé lé cherche. » Et pour quelle affaire, Monsieur ? « Pour quelle affaire ? » Oui. « Jé beux, cadédis ! lé faire mourir sous les coups de vaton. » Oh ! Monsieur, les coups de bâton ne se donnent point à des gens comme lui, et ce n'est pas un homme à être traité de la sorte. « Qui, cé fat[7] dé Geronte, cé maraut, cé vélître[8] ? » Le seigneur Géronte, Monsieur, n'est ni fat, ni maraud, ni bélître, et vous devriez, s'il vous plaît, parler d'autre façon. « Comment, tu mé traites, à moi, avec cette hauteur ? » Je défends, comme je dois, un homme d'honneur qu'on offense. « Est-ce que tu es des amis dé cé Geronte ? » Oui, Monsieur, j'en suis. « Ah !

Quand Scapin imite…

Pour prendre l'accent de la Gascogne (région du Sud-Ouest), Scapin remplace les *b* par des *v* et inversement.
Pour parler « allemand » (l. 109 à 137), il change les *d* en *t*, les *v* en *f*, les *b* en *p*. Il prononce tous les infinitifs en *-er*.
Son imitation est grossière, mais elle fait beaucoup rire.

1. La tromperie. Géronte a fait croire à son fils Léandre que Scapin l'avait trahi.
2. Ne pas bouger.
3. Soldat.
4. Imitant.
5. Par la tête de Dieu *(juron)*.
6. Baille (donne).
7. Ce sot.
8. Bélître (bon à rien).

cadédis, tu es de ses amis, à la vonne hure. » *(Il donne plusieurs coups de bâton sur le sac.)*
« Tiens. Boilà cé que jé té vaille pour lui. » Ah, ah, ah ! ah, Monsieur ! Ah, ah, Monsieur ! tout beau. Ah, doucement, ah, ah, ah ! « Va, porte-lui cela de ma part. Adiusias[9] ! » Ah ! diable soit le Gascon. Ah ! *(En se plaignant et remuant le dos, comme s'il avait reçu les coups de bâton.)*

GÉRONTE, *mettant la tête hors du sac.* – Ah ! Scapin, je n'en puis plus !

SCAPIN. – Ah ! Monsieur, je suis tout moulu, et les épaules me font un mal épouvantable.

GÉRONTE. – Comment ? c'est sur les miennes qu'il a frappé.

SCAPIN. – Nenni, Monsieur, c'était sur mon dos qu'il frappait.

GÉRONTE. – Que veux-tu dire ? J'ai bien senti les coups, et les sens bien encore.

SCAPIN. – Non, vous dis-je, ce n'est que le bout du bâton qui a été jusque sur vos épaules.

GÉRONTE. – Tu devais donc te retirer un peu plus loin, pour m'épargner…

SCAPIN, *lui remet la tête dans le sac.* – Prenez garde. En voici un autre qui a la mine d'un étranger. *(Cet endroit est de même celui[10] du Gascon, pour le changement de langage, et le jeu de théâtre.)* « Parti ! moi courir comme une Basque[11], et moi ne pouvre point troufair de tout le jour sti tiable de Gironte ? » *(À Géronte, avec sa voix ordinaire.)* Cachez-vous bien. « Dites-moi un peu fous, Monsir l'homme, s'il ve plaist, fous savoir point où l'est sti Gironte que moi cherchair ? » Non, Monsieur, je ne sais point où est

9. Adieu.
10. Le lieu est le même que celui.
11. Très vite.

Géronte. « Dites-moi-le fous, frenchemente, moi li fouloir pas grande chose à lui. L'est seulemente pour li donnair un petite régale sur le dos d'une douzaine de coups de bastonne, et de trois ou quatre petites coups d'épée au trafers de son poitrine. » Je vous assure, Monsieur, que je ne sais pas où il est. « Il me semble que j'y foi remuair quelque chose dans sti sac. » Pardonnez-moi, Monsieur. « Li est assurémente quelque histoire là-tetans. » Point du tout, Monsieur. « Moi l'avoir enfie de tonner ain coup d'épée dans ste sac. » Ah ! Monsieur, gardez-vous-en bien. « Montre-le-moi un peu fous ce que c'estre là. » Tout beau, Monsieur. « Quement ? tout beau ? » Vous n'avez que faire de vouloir voir ce que je porte. « Et moi, je le fouloir foir, moi. » Vous ne le verrez point. « Ahi que de badinemente ! » Ce sont hardes[1] qui m'appartiennent. « Montre-moi fous, te dis-je. » Je n'en ferai rien. « Toi ne faire rien ? » Non. « Moi pailler de ste bastonne dessus les épaules de toi. » Je me moque de cela. « Ah ! toi faire le trole ! » *(Donnant des coups de bâton sur le sac et criant comme s'il les recevait.)* Ahi, ahi, ahi ; ah, Monsieur, ah, ah, ah. « Jusqu'au refoir : l'estre là un petit leçon pour li apprendre à toi à parlair insolentemente ! » Ah ! peste soit du baragouineux ![2] Ah !

GÉRONTE, *sortant sa tête du sac.* – Ah ! je suis roué[3] !

SCAPIN. – Ah ! je suis mort !

GÉRONTE. – Pourquoi diantre faut-il qu'ils frappent sur mon dos ?

SCAPIN, *lui remettant sa tête dans le sac.* – Prenez garde, voici une demi-douzaine de soldats tout ensemble. *(Il contrefait plusieurs personnes ensemble.)* « Allons, tâchons

1. Vieux vêtements.
2. Parleur.
3. Brisé par les coups.

à trouver ce Géronte, cherchons partout. N'épargnons point nos pas. Courons toute la ville. N'oublions aucun lieu. Visitons tout. Furetons[4] de tous les côtés. Par où irons-nous ? Tournons par là. Non, par ici. À gauche. À droite. Nenni. Si fait. » *(À Géronte, avec sa voix ordinaire.)* Cachez-vous bien. « Ah ! camarades, voici son valet. Allons, coquin, il faut que tu nous enseignes où est ton maître. » Eh ! Messieurs, ne me maltraitez point. « Allons, dis-nous où il est. Parle. Hâte-toi. Expédions. Dépêche vite. Tôt. » Eh ! Messieurs, doucement. *(Géronte met doucement la tête hors du sac et aperçoit la fourberie de Scapin.)* « Si tu ne nous fais trouver ton maître tout à l'heure, nous allons faire pleuvoir sur toi une ondée[5] de coups de bâton. » J'aime mieux souffrir toute chose que de vous découvrir mon maître. « Nous allons t'assommer. » Faites tout ce qu'il vous plaira. « Tu as envie d'être battu ? » Je ne trahirai point mon maître. « Ah ! tu en veux tâter ? Voilà… » Oh !

Comme il est prêt de frapper, Géronte sort du sac, et Scapin s'enfuit.

GÉRONTE. – Ah, infâme ! ah, traître ! ah, scélérat ! C'est ainsi que tu m'assassines.

Molière, *Les Fourberies de Scapin*, III, 2 (1671).

4. Cherchons.
5. Pluie.

Les Fourberies de Scapin, mise en scène de Jean-Louis Benoit avec Philippe Torreton (Scapin) et Gérard Giroudon (Géronte), Comédie Française, 1997, Paris.

Qui sont les personnages ?

Argan

Il n'est pas malade mais il est persuadé de l'être. Il s'entoure de nombreux médecins et apothicaires.

➨ *Guérira-t-il de cette obsession ?*

Béline

La seconde femme d'Argan semble très soucieuse de la santé de son mari.

➨ *Est-elle sincère ?*

Toinette

La servante d'Argan est jeune, vive et dévouée. Elle ne manque pas d'astuces pour faire éclater la vérité.

➨ *Qu'inventera-t-elle pour aider Argan à prendre conscience de la réalité ?*

Béralde

Le frère d'Argan est un homme sage, soucieux du bonheur de la famille. Il doute de la sincérité de Béline.

➨ *A-t-il raison ?*

Acte III, scènes 11 et 12

L'aveuglement d'Argan

Argan refuse de croire que sa femme ne l'a épousé que pour son argent et qu'elle espère être veuve très vite. Toinette et Béralde veulent le lui prouver par une ruse.

Fin de la scène 11

TOINETTE, ARGAN

TOINETTE. – Madame s'en va revenir. Mettez-vous tout étendu dans cette chaise, et contrefaites le mort[1]. Vous verrez la douleur où elle sera, quand je lui dirai la nouvelle.

ARGAN. – Je le veux bien.

TOINETTE. – Oui ; mais ne la laissez pas longtemps dans le désespoir, car elle en pourrait bien mourir.

ARGAN. – Laisse-moi faire.

TOINETTE, *à Béralde*. – Cachez-vous, vous, dans ce coin-là.

ARGAN. – N'y a-t-il point quelque danger à contrefaire le mort ?

TOINETTE. – Non, non. Quel danger y aurait-il ? Étendez-vous là seulement. (*Bas*.) Il y aura plaisir à confondre votre frère[2]. Voici Madame. Tenez-vous bien.

Scène 12

BÉLINE, TOINETTE, ARGAN, BÉRALDE

TOINETTE *s'écrie*. – Ah, mon Dieu ! Ah, malheur ! Quel étrange accident !

BÉLINE. – Qu'est-ce, Toinette ?

TOINETTE. – Ah, Madame !

BÉLINE. – Qu'y a-t-il ?

TOINETTE. – Votre mari est mort.

BÉLINE. – Mon mari est mort ?

TOINETTE. – Hélas ! oui. Le pauvre défunt est trépassé[3].

1. Faites semblant d'être mort.
2. Montrer que votre frère se trompe.
3. Mort.

BÉLINE. – Assurément ?

TOINETTE. – Assurément. Personne ne sait encore cet accident-là, et je me suis trouvée ici toute seule. Il vient de passer[4] entre mes bras. Tenez, le voilà tout de son long dans cette chaise.

BÉLINE. – Le Ciel en soit loué ! Me voilà délivrée d'un grand fardeau. Que tu es sotte, Toinette, de t'affliger[5] de cette mort !

TOINETTE. – Je pensais, Madame, qu'il fallût pleurer.

BÉLINE. – Va, va, cela n'en vaut pas la peine. Quelle perte est-ce que la sienne ? Et de quoi servait-il sur la terre ? Un homme incommode[6] à tout le monde, malpropre, dégoûtant, sans cesse un lavement ou une médecine dans le ventre, mouchant, toussant, crachant toujours, sans esprit, ennuyeux, de mauvaise humeur, fatiguant sans cesse les gens, et grondant jour et nuit servantes et valets.

TOINETTE. – Voilà une belle oraison funèbre[7].

BÉLINE. – Il faut, Toinette, que tu m'aides à exécuter mon dessein[8], et tu peux croire qu'en me servant ta récompense est sûre. Puisque, par un bonheur[9], personne n'est encore averti de la chose, portons-le dans son lit, et tenons cette mort cachée, jusqu'à ce que j'aie fait mon affaire. Il y a des papiers, il y a de l'argent dont je me veux saisir, et il n'est pas juste que j'aie passé sans fruit[10] auprès de lui mes plus belles années. Viens, Toinette, prenons auparavant toutes ses clefs.

ARGAN, *se levant brusquement.* – Doucement.

BÉLINE, *surprise et épouvantée.* – Ahy !

4. Mourir.
5. D'avoir de la peine.
6. Déplaisant.
7. Discours prononcé lors d'un enterrement.
8. Projet.
9. Par chance.
10. Sans profit.

ARGAN. – Oui, Madame ma femme, c'est ainsi que vous m'aimez ?

TOINETTE. – Ah, ah ! le défunt n'est pas mort.

ARGAN, *à Béline qui sort.* – Je suis bien aise de voir votre amitié[1], et d'avoir entendu le beau panégyrique[2] que vous avez fait de moi. Voilà un avis[3] au lecteur qui me rendra sage à l'avenir, et qui m'empêchera de faire bien des choses.

BÉRALDE, *sortant de l'endroit où il était caché.* – Hé bien ! mon frère, vous le voyez.

TOINETTE. – Par ma foi ! je n'aurais jamais cru cela. Mais j'entends votre fille, remettez-vous comme vous étiez, et voyons de quelle manière elle recevra votre mort. C'est une chose qu'il n'est pas mauvais d'éprouver ; et puisque vous êtes en train[4], vous connaîtrez par là les sentiments que votre famille a pour vous.

Molière, *Le Malade imaginaire*, III, 11 et 12 (1673).

1. Affection.
2. Bel éloge.
3. Avertissement.
4. Vous avez commencé.

Le Malade imaginaire, mise en scène de George Werler avec Michel Bouquet (Argan) et Hélène Seuzaret (Béline), Théâtre de la Porte Saint-Martin, 2008, Paris.

Pause lecture 4

La ruse, entre mensonge et vérité

La ruse chez Molière

George Dandin : *ruses et mensonges d'une femme* p. 71 à 77

Avez-vous bien lu ?

D'où revient Angélique ?

- ❏ D'une innocente promenade dans la campagne.
- ❏ D'un rendez-vous galant.
- ❏ De la maison de ses parents à qui elle a rendu visite.

Dandin triomphant

1 Au début de la scène, où se trouvent Angélique et Claudine ? et George Dandin ?

2 Montrez que George Dandin ne croit pas en la fidélité de sa femme. Quelle ruse a-t-il inventée pour se venger ?

Stratégies d'Angélique

3 Quels sentiments Angélique exprime-t-elle successivement ? Que cherche-t-elle à provoquer chez Dandin ? À quoi s'engage-t-elle ?

4 Comment Dandin réagit-il ? À votre avis, pourquoi ?

Renversement de situation

5 Pourquoi Dandin sort-il de chez lui ? Quel jeu de scène (déplacements et mouvements d'Angélique et de Claudine) montre qu'il s'est fait piéger ?

6 Indiquez tout ce qui oppose la situation finale à celle du début (place des personnages, menaces, injures...). Qu'est-ce qui fait rire ?

Les Fourberies de Scapin : *ruse et vengeance d'un valet* p. 80 à 85

Avez-vous bien lu ?

Selon Scapin, Géronte doit craindre la vengeance d'ennemis puissants car :

- ❑ il a laissé son fils, Léandre, compromettre l'honneur d'une jeune fille.
- ❑ il veut rompre le mariage d'Octave pour lui faire épouser sa propre fille.
- ❑ il s'est attiré des ennuis au cours de son récent voyage.

La ruse de Scapin

1 Quel mensonge Scapin invente-t-il pour se venger de Géronte ?

2 Comment Scapin réussit-il à augmenter peu à peu la peur de Géronte (l. 13 à 54) ?

3 Pourquoi Géronte accepte-t-il de se cacher dans un sac ?

L'attaque

4 Combien de personnages Scapin joue-t-il ? Comment la ponctuation distingue-t-elle les paroles prononcées par les attaquants et le valet ?

5 À chaque attaque, qu'est-ce qui fait croire à Géronte que Scapin dialogue avec un autre homme ? qu'il défend son maître ? Quelle erreur Scapin commet-il à la fin de la scène ?

6 Relevez les didascalies des lignes 64 à 91 et expliquez leur rôle.

Une scène comique

7 Indiquez ce que voit le spectateur et ce qu'imagine Géronte dans le sac.

8 Qu'est-ce qui fait rire ? Choisissez trois exemples qui concernent la situation, les gestes, le langage, les caractères, le résultat final...

Le Malade imaginaire : *ruse et vérité* p. 88 à 90

Avez-vous bien lu ?

Argan fait semblant d'être mort pour :

❏ montrer qu'il n'a pas peur de la mort.
❏ inquiéter ceux qui ne le croient pas malade.
❏ prouver à tous que sa femme l'aime.

Une « belle oraison funèbre »

1 Qui a inventé la ruse pour démasquer Béline ?

2 Où et dans quelle attitude se trouvent les autres personnages, quand Béline rentre ? à la fin de la scène ?

3 Quelle est la réaction de Béline à l'annonce de la mort d'Argan ? Que révèle-t-elle ?

4 Quel portrait fait-elle d'Argan ? Relevez plusieurs termes dévalorisants utilisés pour le qualifier.

Béline démasquée

5 Quel service Béline demande-t-elle à Toinette ? Quels projets secrets découvre-t-elle ainsi ?

6 À quel moment précis Argan réagit-il ? Qu'a-t-il enfin compris ?

7 Pourquoi le brusque mouvement d'Argan fait-il rire alors que la situation elle-même n'est pas amusante ?

Vers l'expression

Vocabulaire

1. Inventez des noms propres à partir de noms communs : Molière se moque de certains personnages en leur attribuant des noms propres ridicules.
Exemple : Monsieur et Madame de Sotenville.
Voici des adjectifs synonymes de *sot* **:** ***balourd – nigaud – bête – borné – stupide.***
Cherchez dans le dictionnaire ou sur Internet, les noms correspondant à ces adjectifs et transformez-les en noms propres faussement aristocratiques :
Monsieur et Madame de La ....

2. Dans la liste des synonymes suivants, soulignez l'intrus.
a. ***Ennuyeux*** **: assommant – agréable – lassant – fastidieux.**
b. ***Dégoûtant*** **: sale – répulsif – attirant – malpropre.**
c. ***Coléreux*** **: hargneux – irascible – doux – furieux – caractériel.**

3. En utilisant certains des synonymes de l'exercice 2, complétez le texte suivant.
Béline décrit Argan comme un homme au caractère .... et ....
Elle trouve que ses nombreux remèdes le rendent ....

À vous de jouer

Donnez une suite à la scène 12.

Angélique, la fille d'Argan, qui aime son père, entre en scène. Elle croit son père mort et exprime ce qu'elle ressent.

ANGÉLIQUE. – *Quel malheur* ! ....

Du texte à l'image

Observez la photographie → voir dossier images p. IV

Les Fourberies de Scapin, mise en scène de Jacques Bachelier avec Jacques Bachelier (Scapin) et Frédéric Schalck (Géronte), Vingtième Théâtre, Paris, 2011.

1 Qui sont les personnages présents sur scène ?

2 Lequel des deux est mis en valeur par l'éclairage ? D'où semble-t-il sortir ? Qu'est-ce qui le rend caricatural ?

3 Quelles sont les principales couleurs utilisées pour le décor ? pour les personnages ?

4 Selon vous, à quel moment de la scène de l'acte III la photographie a-t-elle été prise ?

Après la lecture

Genre

Fable, fabliau et comédie

Thème

La ruse

Fable, fabliau et comédie

◆ La fable

De nombreuses fables mettent en scène des animaux rusés : le renard, bien sûr, mais aussi le chat ou la belette. La fable est **un récit court**, généralement en vers, inventé **pour illustrer une morale** située le plus souvent après l'histoire. L'anecdote doit capter l'attention du lecteur et le divertir, par l'originalité de la ruse par exemple.

« L'origine de la fable remonte à l'Antiquité. »

L'origine de la fable remonte à l'Antiquité. Elle apparaît d'abord en Inde puis se développe en Grèce et en Italie. Au XVIIe siècle, La Fontaine s'inspire des fables en prose d'Ésope (auteur grec du VIe siècle avant J.-C.) et des fables en vers de l'auteur latin Phèdre (Ier siècle après J.-C.). Parfois même, dans une même fable, le fabuliste s'inspire de ruses inventées par les deux auteurs antiques. Dans « Le Chat et un Vieux Rat », le chat fait d'abord semblant de se pendre comme chez Ésope, puis se roule dans la farine et se cache dans une huche à pain comme chez Phèdre. Le seul survivant est un vieux rat dont la morale célèbre la prudence.

◆ Les fabliaux et *Le Roman de Renart*

Les **fabliaux** sont **des récits écrits au Moyen Âge**, du XIIe au XIVe siècle, non pas en latin mais **dans la langue du peuple**. On les trouve dans le Nord de la France où ils obtiennent un énorme succès car ils présentent des personnages (femmes gourmandes et menteuses, maris jaloux, paysans malhonnêtes ou naïfs, prêtres peu scrupuleux…) souvent trompés par plus rusé qu'eux.

Le Roman de Renart ne correspond pas au sens actuel du mot *roman*. C'est **un assemblage de récits écrits** en langue romane (la langue populaire). Ils évoquent les farces de Renart, le goupil. Chaque auteur peut inventer des variantes qui se développent comme les branches d'un arbre (27 en tout). C'est un univers animalier qui correspond par son organisation à la société féodale de l'époque.

Les fabliaux et les épisodes du *Roman de Renart* sont diffusés à l'occasion des foires où s'échangent bêtes et marchandises. Le public apprécie doublement les récits de ruse : ils font rire et la ruse permet au plus faible, s'il est malin, de prendre sa revanche sur le plus fort.

◆ La comédie

Dans les comédies de Molière, ce sont souvent **les servantes** (comme Toinette dans *Le Malade imaginaire)* **et les valets** (par exemple Scapin, dans *Les Fourberies de Scapin)* qui **inventent ruses et mensonges** pour tromper leurs maîtres et faire triompher l'amour des jeunes gens. Le spectateur se réjouit de voir l'astuce l'emporter sur l'autorité des pères ou des maris. Certaines ruses permettent aussi à Molière de **dénoncer** la bêtise ou l'ignorance de certaines personnes, comme les médecins de l'époque.

La ruse qui finit toujours par triompher est une source inépuisable d'**histoires qui divertissent et font réfléchir** à la fois. Les lecteurs ou le public sont toujours du côté du trompeur et rient des malheurs du trompé. La ruse est cruelle certes, mais si amusante !

« La ruse est cruelle certes, mais si amusante ! »

Thème

La ruse

La ruse est célébrée dans les œuvres littéraires dès l'Antiquité. Dans l'*Odyssée*, Ulysse a l'idée ingénieuse d'un cheval de bois rempli de guerriers grecs que les Troyens font entrer dans leur ville. Cette astuce permet aux Grecs de gagner la guerre. Lors de son retour vers Ithaque, Ulysse a souvent recours à la ruse pour triompher des dangers qui le menacent, comme Polyphème le Cyclope ou les Sirènes.

« Drôles de raisons ! »

◆ Pourquoi recourir à la ruse ?

• **Pour obtenir ce qui est hors de portée**, comme le fromage que tient dans son bec le Corbeau sur sa branche, tandis que le Renard est au pied de l'arbre.

• **Pour se tirer d'un très mauvais pas** : sortir d'un puits (« Le Renard et le Bouc ») ou échapper à une situation dangereuse pour sa réputation (Angélique dans *George Dandin*).

• **Pour s'amuser** aux dépens d'un rival puissant (Renart attendant que le naïf Ysengrin ait la queue prise dans la glace).

• **Pour échapper aux coups reçus et se venger** (la jeune femme battue dans *Le Paysan Médecin*).

• **Pour survivre** parce qu'on a le ventre vide, comme Renart rencontrant les marchands de poissons ou parce qu'on sait qu'on va mourir sous les coups de bâtons si on ne réussit pas une guérison impossible (*Le Paysan Médecin*).

◆ Comment ruser ?

• **En flattant** l'amour-propre d'un oiseau assez laid par des compliments excessifs qui lui feront perdre toute prudence.

• **En mentant** sur ses intentions (« Le Renard et le Bouc »).

• **En faisant le mort**, ce qui offre plusieurs avantages : ne plus être craint et pouvoir voler ce qu'on veut manger (*Renart et les marchands de poissons*) ; entendre ce que les autres pensent de vous (Argan dans *Le Malade imaginaire*).
• **En faisant semblant de se suicider** (Angélique dans *George Dandin*).
• **En simulant une bataille** contre des assaillants imaginaires, tout en frappant un homme caché dans un sac (*Les Fourberies de Scapin*), ce qui nécessite de réels talents d'acteur.

◆ La ruse, revanche de l'intelligence sur la force brutale

Les personnages rusés, qu'ils soient des humains ou des animaux, sont capables d'analyser une situation et de penser à la suite des événements avant de se lancer dans une aventure. Ils sont **observateurs**, **rapides** et **imaginatifs**. Quand le loup Ysengrin veut ruser (« Le Loup devenu Berger »), il prend soin de son apparence, mais oublie un point essentiel : son hurlement puissant qui fait fuir tout le monde, et il échoue. Dans l'univers animalier, il représente le contraire de Renart car il incarne la force brutale sans intelligence. **La ruse** est souvent **l'arme des faibles** pour lutter contre plus puissants qu'eux.

« Flatteries, mensonges et simulations »

Autre lecture

Plaute

La Marmite

(Ier siècle)

Extrait

Traduction de J. Naudet (1833), adaptée par Christiane Cadet

Qui est Plaute ?

Plaute (254-184 av. J.-C.) est un auteur comique latin dont les pièces ont eu, dès l'Antiquité, un très grand succès. Parmi les 130 comédies qu'on lui attribue, 21 sont reconnues comme authentiques. L'action au rythme rapide tourne généralement autour d'un valet rusé qui dirige ses maîtres et trompe les vieillards. Molière s'est beaucoup inspiré de l'une des comédies de Plaute, *La Marmite* (*Aulularia* en latin), pour écrire *L'Avare*.

Le texte est de Plaute jusqu'au début de l'acte V. La fin a été écrite au XVe siècle par un auteur italien, Urceus Codrus, qui s'est inspiré d'un résumé de la comédie originale.

Résumé de *La Marmite*

Euclion est un vieil avare qui a découvert par hasard une marmite pleine d'or. Deux hommes veulent épouser sa fille Phédra : Mégadore et Lyconide. Euclion donne sa préférence à Mégadore qui accepte d'épouser Phédra sans dot. Cependant, tout est bouleversé quand l'avare découvre qu'on lui a dérobé son trésor. Le voleur n'est autre que Strobile, valet rusé du jeune Lyconide, qui se livre à un chantage : il rendra la marmite pleine d'or si son maître lui accorde la liberté en l'affranchissant. Lyconide n'hésite pas longtemps : il perd un esclave mais restitue la marmite à Euclion et obtient ainsi la main de Phédra.

Acte V, scène 1

LYCONIDE, STROBILE

STROBILE. – Dieux immortels, que vous me comblez[1] de bontés et de joie ! J'ai dans la marmite quatre livres d'or. Y a-t-il dans Athènes un mortel plus riche que moi ? plus favorisé des dieux ?

LYCONIDE. – Je ne me trompe pas, j'ai entendu quelqu'un parler.

STROBILE. – C'est mon maître que j'aperçois ?

LYCONIDE. – C'est Strobile, mon esclave, que je vois ?

STROBILE. – C'est lui-même.

LYCONIDE. – C'est bien lui.

STROBILE. – Approchons.

LYCONIDE. – Allons à lui. Sans doute a-t-il vu, comme je le lui avais ordonné, la vieille nourrice de Phédra.

STROBILE, *à part*. – Pourquoi ne pas lui avouer la belle trouvaille que j'ai faite ? Je lui demanderai ensuite de m'affranchir[2]. Commençons. (*Haut*) J'ai trouvé…

LYCONIDE, *avec empressement*[3]. – Qu'as-tu trouvé ?

STROBILE. – Pas ce que trouvent les enfants dans les fèves[4] quand ils crient : « Je l'ai trouvé ! »

LYCONIDE. – Tu te moques de moi, comme d'habitude !

STROBILE. – Un peu de patience, mon maître. Je m'explique. Écoutez.

LYCONIDE. – Parle donc.

STROBILE. – Je viens de trouver un trésor immense.

LYCONIDE. – Où ?

STROBILE. – Une marmite pleine d'or, pesant quatre livres.

1. Donnez en abondance.
2. De m'accorder la liberté.
3. Vivacité.
4. Allusion à un jeu d'enfants qui ouvraient les fèves pour y trouver le germe.

LYCONIDE. – Qu'est-ce que j'entends ?

STROBILE. – Je l'ai volée au vieil Euclion, notre voisin.

LYCONIDE. – Où est cet or ?

STROBILE. – Chez moi, dans une cassette. Maintenant je désire que vous m'affranchissiez.

LYCONIDE. – Moi, t'affranchir, infâme coquin ?

STROBILE. – Fort bien, mon maître. Je devine votre pensée. Par ma foi, c'était une plaisanterie ; j'ai voulu vous éprouver[1]. Vous vouliez m'arracher mon trésor. Que feriez-vous si je l'avais trouvé ?

LYCONIDE. – Je ne te crois pas. Allons, rends cet or.

STROBILE. – Que je le rende ?

LYCONIDE. – Oui, te dis-je, rends-le, pour que je le remette à Euclion.

STROBILE. – Et quel or ?

LYCONIDE. – Celui qui est dans ta cassette.

STROBILE. – J'ai l'habitude de plaisanter. C'était pour rire !

LYCONIDE. – Sais-tu bien ce qui t'attend ?

STROBILE. – Par Hercule ! Tuez-moi, si vous voulez. Vous n'aurez rien[2].

LYCONIDE. – J'aurai cet or bon gré mal gré[3], quand je t'aurai attaché par les pieds et les mains au gibet[4], tes grosses jambes bien écartées. Mais je tarde trop à saisir ce traître à la gorge et à forcer sa vilaine âme à rebrousser chemin. Le rends-tu ? Oui ou non ? (*Il lui serre le cou.*)

STROBILE. – Je vais le rendre.

LYCONIDE. – Sur-le-champ ; point de délai.

1. Tester.
2. Ici s'arrête le texte de Plaute. Commence ensuite celui d'Urceus Codrus.
3. Que tu le veuilles ou non.
4. La potence où l'on pendait les condamnés.

STROBILE. – Vous allez l'avoir ; mais laissez-moi respirer. Ah ! ah ! Que voulez-vous, mon maître, que je vous donne ?

LYCONIDE. – Tu l'ignores, coquin ? Tu oses nier ce que tu m'as dit tout à l'heure : que tu as volé une marmite pleine d'or pesant quatre livres. Holà, fouetteurs !

STROBILE. – Mon maître, deux mots !

LYCONIDE. – Je n'écoute rien. Fouetteurs, à moi !

Scène 2

LYCONIDE, STROBILE, LES FOUETTEURS

LES FOUETTEURS. – Que voulez-vous ?

LYCONIDE. – Qu'on prépare des chaînes !

STROBILE. – Écoutez un peu. Vous pourrez ensuite me faire enchaîner tant qu'il vous plaira.

LYCONIDE. – J'écoute, mais pas de longs discours.

STROBILE. – Si vous me faites torturer à mort, qu'y gagnerez-vous ? D'abord, vous perdrez un esclave ; de plus, vous n'obtiendrez pas ce que vous désirez. Mais si vous m'offriez en récompense la chère liberté, vous feriez de moi tout ce que vous voudriez, vous seriez déjà satisfait. La nature nous a créés tous libres ; naturellement nous aimons tous la liberté. Le pire, le plus affreux des malheurs, c'est la servitude[5]. Quand Jupiter hait un mortel, il en fait un esclave.

LYCONIDE. – Tu ne raisonnes pas mal.

5. L'esclavage.

Autre lecture

STROBILE. – Écoutez le reste. Aujourd'hui, les maîtres sont trop avares. Les trésors de la Perse ne pourraient pas combler le gouffre sans fond de leur cupidité[1]. Les maîtres se comportent mal envers leurs esclaves ; les esclaves le leur rendent bien. Ainsi, des deux côtés, on est mécontents les uns des autres. L'office[2], le cellier[3], les armoires sont fermés à triple serrure par de vieux avares. Ce qu'ils accordent à peine à leurs enfants, des esclaves, adroits et rusés voleurs, le leur volent, et se jouent de leurs milliers de clés. Ils pillent, ils avalent, ils dévorent. Et jamais les gibets ne leur sauraient arracher l'aveu de leurs nombreux larcins[4]. C'est ainsi que les esclaves rusés se vengent de leur servitude en riant et s'amusant. Je conclus donc que la générosité fait les bons esclaves.

LYCONIDE. – Tu as raison, mais tu parles plus que tu me l'avais promis. Si je te rends libre, me donneras-tu ce que je veux ?

STROBILE. – Oui ; mais je veux des témoins. Pardonnez, mon maître : je n'ai pas pleine confiance en vous.

LYCONIDE. – Cent témoins, si tu veux. J'y consens.[5]

STROBILE, *appelant*. – Mégadore[6] ! Eunomie[7] ! Venez, s'il vous plaît. Vous rentrerez une fois le marché conclu.

1. Leur amour de l'argent.
2. Endroit où l'on garde les provisions.
3. Endroit où l'on conserve le vin.
4. Vols.
5. Je suis d'accord.
6. Oncle de Lyconide.
7. Sœur de Mégadore.

Scène 3

MÉGADORE, EUCLION, EUNOMIE

MÉGADORE. – Qui nous appelle ? Me voici, Lyconide.

EUNOMIE. – Me voici, Strobile. Qu'est-ce ? Parlez.

LYCONIDE. – L'affaire n'est pas longue.

MÉGADORE. – De quoi s'agit-il ?

STROBILE. – Je vous appelle pour me servir de témoins. Si j'apporte ici une marmite remplie d'or, pesant quatre livres, et si je la remets à Lyconide, il m'affranchit, et je deviens mon maître. Le promettez-vous ?

LYCONIDE. – Je le promets.

STROBILE, *à Mégadore et à Eunomie*. – Vous l'entendez ?

MÉGADORE. – Oui.

STROBILE. – Jurez donc par Jupiter.

LYCONIDE. – Voyez à quoi m'oblige ma pitié pour autrui ! Tu es un insolent ! Faisons cependant ce qu'il exige.

STROBILE. – Voyez-vous, la bonne foi est si rare aujourd'hui. On écrit des actes[8] ; on appelle des douzaines de témoins ; le notaire écrit bien la date, le lieu. Après cela, on trouve encore un habile qui nie tout avec ses beaux discours.

LYCONIDE. – Dépêche-toi, je t'en prie.

STROBILE. – Prenez ce caillou.

LYCONIDE. – Si je te trompe, que Jupiter m'enlève tous mes biens, comme je jette cette pierre. Es-tu content ?

STROBILE. – Oui, et je cours chercher l'or.

LYCONIDE. – Vole sur les ailes de Pégase[9], et reviens très vite.

8. Papiers officiels.
9. Cheval ailé dans la mythologie grecque.

Scène 4

LYCONIDE

LYCONIDE. – L'ennuyeux personnage qu'un valet raisonneur, qui veut en savoir plus que son maître ! Peste soit de[1] l'affranchi Strobile ! Pourvu qu'il m'apporte la marmite pleine d'or. Je veux sécher les larmes d'Euclion et le rendre au bonheur, afin d'obtenir sa fille. Mais voici Strobile qui revient chargé. C'est, je crois, la marmite qu'il apporte. Oui, c'est cela même.

Scène 5

LYCONIDE, STROBILE, MÉGADORE, EUCLION, EUNOMIE

STROBILE. – Lyconide, comme promis, je vous apporte ma trouvaille, la marmite pleine d'or, pesant quatre livres. Ai-je été longtemps parti ?

LYCONIDE. – Ô dieux immortels ! Que vois-je ? Quel trésor ! Plus de trois et quatre fois six cents philippes d'or[2]. Appelons vite. Euclion. Euclion ! Euclion !

MÉGADORE. – Euclion ! Euclion !

EUCLION. – Qu'y a-t-il ?

LYCONIDE. – Descendez. Les dieux vous protègent : nous avons la marmite.

EUCLION. – Est-il vrai ? N'est-ce point une plaisanterie ?

LYCONIDE. – Nous l'avons, vous dis-je. Accourez, volez.

EUCLION. – Ô grand Jupiter ! Ô dieux de mon foyer ! Ô Junon[3] et vous, Alcide, qui trouvez les trésors ! Enfin

1. Maudit soit.
2. Monnaie antique.
3. Déesse de la mythologie romaine.

vous avez eu pitié d'un pauvre vieillard. Ô ma chère marmite ! que ton vieil ami a de joie à te serrer dans ses bras ! Qu'il t'embrasse avec délice ! Non, je ne puis me rassasier de ces caresses. Ô mon espoir ! ô ma vie ! Enfin mon deuil est fini.

LYCONIDE. – J'ai toujours pensé que le manque d'argent était un grand malheur pour tout le monde, enfants, hommes, et vieillards. L'indigence[4] réduit les enfants à se prostituer, les hommes à voler, les vieillards à mendier. Mais, à ce que je vois, c'est pis encore d'avoir plus d'or qu'il n'en faut. Que de chagrin a causé tout à l'heure à Euclion la perte de son or !

EUCLION. – Qui remercier ? les dieux, qui n'abandonnent pas les gens de bien ? ou mes braves amis ? ou les uns et les autres à la fois ? Oui, tous. Et toi d'abord, Lyconide, principal auteur d'un si grand bienfait, je te donne ce trésor. N'hésite pas à le recevoir : je veux qu'il t'appartienne, ainsi que ma fille ; je le déclare en présence de Mégadore et de sa sœur, l'estimable Eunomie.

LYCONIDE. – Comptez sur ma juste reconnaissance, mon cher beau-père.

EUCLION. – Tu me la témoigneras, si tu acceptes de bonne grâce[5] mon cadeau et mon amitié en même temps.

LYCONIDE. – Je reçois l'un et l'autre, et je veux que ma maison soit la tienne.

STROBILE. – Tout n'est pas fini, mon maître. Souvenez-vous de m'affranchir.

4. La pauvreté.
5. Volontiers.

LYCONIDE. – C'est juste. Sois libre, Strobile, tu l'as bien mérité. Va maintenant faire préparer le souper dont nous avons interrompu les préparatifs.

STROBILE, *au public.* – Spectateurs, l'avare Euclion a changé de caractère. Le voilà devenu tout à coup généreux. Usez aussi de générosité ; et si la comédie vous a plu, applaudissez bien fort.

Personnage de la comédie antique à Rome, ronde-bosse en terre cuite, Londres, British Museum.

À lire / à voir

À lire

D'autres fables de La Fontaine sur le thème de la ruse
- « Le Chat et un vieux Rat » (livre III, 18)
- « Le Coq et le Renard » (livre II, 15)
- « Le Renard et la Cigogne » (livre I, 18)

D'autres fabliaux pour bien connaître l'univers du Moyen Âge : *Les Perdrix, un Jongleur en enfer, Le Cupide et l'Envieux* (Jean Bodel), *La Couverture Partagée* (Bernier), in *Quatre fabliaux du Moyen Âge*, Carré classique n° 5, Nathan.

Des extraits d'une grande œuvre de l'Antiquité grecque : L'*Odyssée*, d'Homère
Dans une île de la Grèce ancienne, Pénélope attend depuis près de 20 ans le retour de son mari Ulysse, parti combattre les Troyens. Son fils, Télémaque, se lance à sa recherche. Ulysse a-t-il échappé aux pièges de Poséidon, le dieu de la mer et à la fureur du cyclope ? Résistera-t-il au charme de la nymphe Calypso, de la magicienne Circé et des sirènes ? (L'*Odyssée*, Carré classique n° 1, Nathan.)

Des romans du XXe siècle
- **Daniel Pennac**, *Kamo, l'idée du siècle*, Gallimard, « Folio junior », 1993.
- **Roald Dahl**, *Fantastique Maître Renard*, Gallimard jeunesse, 1970.
- **Anne Fine**, *Journal d'un chat assassin*, L'École des loisirs, 1997.
- **Pierre Gripari**, *Les Contes de la rue Broca*, « La sorcière du placard aux balais », Gallimard, « Folio junior », 1978.

À voir

Des films

• ***Zootopie*, de Byron Howard, Richard Moore, Jared Bush, 2016**

À Zootopia, où les animaux vivent harmonieusement, une adorable jeune lapine fait son entrée dans la police et doit collaborer avec Nick Wilde, un renard malin, bavard et arnaqueur. Tous deux sont bientôt confrontés à un mystérieux événement...

• ***Arrête-moi si tu peux*, de Steven Spielberg, 2002**

Pourquoi, avant d'atteindre l'âge de 18 ans, le jeune Frank est-il passé maître dans l'art de l'escroquerie ? Pourquoi ce véritable caméléon figure-t-il parmi les personnes les plus recherchées par le FBI ? Curieusement, un rapprochement s'effectue entre Frank et l'agent du FBI qui le traque...

Des adaptations théâtrales filmées

• ***Les Fourberies de Scapin***, mise en scène de Jean-Louis Benoit, 1998, avec Philippe Torreton dans le rôle de Scapin.

• ***Le Malade imaginaire***, mise en scène de Georges Werler, 2009, avec Michel Bouquet dans le rôle d'Argan et Juliette Carré dans celui de Toinette.

Un site de référence

www.toutmolière.com : pour retrouver toutes les œuvres de Molière et son univers.

Table des illustrations

Couverture : *Le Renard et le Lapin*, illustration © natalia_maroz – Fotolia.
5 : Isabel Yung, *L'Arbre de la fontaine*, 2003. BIS/Ph. Olivier Ploton © Imagerie Épinal – Archives Bordas.
6 : François de Troy (1645-1730), *Portrait de Jean de La Fontaine*, huile sur toile, XVIIe siècle. ©BIS/Ph. J. Arlan © Archives Larbor.
9 : Jan Bruegel (1568-1625), *La Terre ou le Paradis terrestre*, (détail) BIS/Ph. Hubert Josse © Archives Larbor.
11 : BIS/Ph. Coll. Archives Larbor-DR.
13 : BIS/Ph. Coll. Archives Bordas.
15 : Tim Stout, *Loup dans la peau d'un Mouton*, © images.com.
21 : Pol Hennequin et Jean de Limbourg, *Les Très Riches Heures du Duc de Berry – Le mois de Février*, extrait de calendrier, peinture (4 x 5 cm), vers 1415, bibliothèque du Musée Condé, Chantilly, BIS/Ph. Coll. Archives Bordas.
22 : *Les Jongleurs* (détail), miniature du XIIIe siècle, BNF, Paris. BIS/Ph. Coll. © Archives Larbor.
26 : © Bridgeman.
41 : *Renard*, © Grgroup / Fotolia.com.
45 : Illustration du *Roman de Renart* par Benjamin Rabier, © Archives Nathan.
49 et 53 : BIS / Ph.Coll.Archives Larbor.
60 : BIS/Ph. Coll. Archives Nathan.
67 : Honoré Daumier (1808-1879), *Crispin et Scapin*, vers 1864, huile sur toile (60,5 x 82 cm), musée d'Orsay, © leemage.com.
68 : Pierre Mignard (1612-1695), *Molière*, 1841, huile sur toile (65 x 54 cm), Musée du château de Versailles. BIS/Ph. Josse © Archives Larbor.
78, 86 et 91 : © Pascal Victor/ArtComArt.
97 : *Roman de Renart* : Maître Renart prêchant devant deux poules et une oie, psautier du XIVe siècle, © The British Library Board/Leemage.
101 : *Masque de renard*, © Isudiseno / Fotolia.com.
103 : © Tierot / Fotolia.com.
104 : Représentation de Plaute (Titus Maccius Plautus) [259/251-184 avant J.-C.] tirée du frontispice de la comédie *Amphitryon*, 1530. © Fototeca / leemage.com.
113 : BIS/Ph. © British Museum Londres – Archives Larbor.

I et 20 : © Ivan Lammerant Illustrateur.
II et 39 : BIS/Ph. © Bibliothèque Sainte-Geneviève, Paris.
III et 65 : *Roman de Renart*, volume 1, Mathis - Martin, © Éditions Delcourt, 2007.
IV et 96 : © Victor Tonelli / ArtComArt.

COLLÈGE

LYCÉE

85. **Apollinaire**, *Alcools*
33. **Balzac**, *Gobseck*
60. **Balzac**, *L'Auberge rouge*
47. **Balzac**, *La Duchesse de Langeais*
18. **Balzac**, *Le Chef d'œuvre inconnu*
72. **Balzac**, *Pierre Grassou*
95. **Baudelaire**, *Tableaux parisiens*
32. **Beaumarchais**, *Le Mariage de Figaro*
20. **Corneille**, *Le Cid*
78. **Corneille**, *Médée*
56. **Flaubert**, *Un cœur simple*
92. **Giraudoux**, *La guerre de Troie n'aura pas lieu*
77. **Hugo**, *Les Contemplations : Pauca Meae*
49. **Hugo**, *Ruy Blas*
31. *L'Encyclopédie*
75. *L'Homme en débat au* XVIIIe *siècle*
48. **Marivaux**, *L'Île des esclaves*
57. **Marivaux**, *Les Acteurs de bonne foi*
19. **Maupassant**, *La Maison Tellier*
69. **Maupassant**, *Une partie de campagne*
55. **Molière**, *Amphitryon*
15. **Molière**, *Dom Juan*
79. **Molière**, *Le Misanthrope*
35. **Molière**, *Le Tartuffe*
63. **Musset**, *Les Caprices de Marianne*
14. **Musset**, *On ne badine pas avec l'amour*
82. *Nouvelles réalistes et naturalistes*
46. **Racine**, *Andromaque*
66. **Racine**, *Britannicus*
30. **Racine**, *Phèdre*
13. **Rimbaud**, *Illuminations*
99. **Rimbaud**, *Cahiers de Douai*
50. **Verlaine**, *Fêtes galantes et romances sans paroles*
45. **Voltaire**, *Candide*
88. **Voltaire**, *Zadig*

BTS

89. *Ces objets qui nous envahissent : objets cultes, culte des objets*
96. *Je me souviens*

Conception graphique : Julie Lannes
Design de couverture : Denis Hoch
Recherche iconographique : Gaëlle Mary
Illustrations : Buster Bone
Mise en page : Linéale
Édition : Bruna Masetti

FSC www.fsc.org MIXTE Papier issu de sources responsables FSC® C022030

N° édition : 10250845 - Dépôt légal : août 2019
Imprimé en France en août 2019 par la Nouvelle Imprimerie Laballery - N° 906070

La Nouvelle Imprimerie Laballery est titulaire de la marque Imprim'Vert®